# ダグラス

# Douglas

*John Home*

ジョン・ヒューム

三原穂〈訳〉

春風社

# ダグラス——悲劇

## 前口上（ロンドン公演）(1)

遠い昔、ブリテンが戦《いくさ》に明け暮れて、若き戦士が好んで非常招集のらっぱの音に誘われておりました頃、神のごとき一族がイングランドの令名を維持いたしました。勇敢なパーシーの名を耳にしたことがない方などおられましょうか？　ダグラスの名についても聞いたことがない方などおりますまい。このような輝かしい好敵手は、仇《かたき》どうしのローマとカルタゴにおいても決してみられるものではございませんでした。代々ブリテンの兵火は明るく燃え、あらゆる英雄が英雄を父として生まれてきたのです。人を支配する運命が、ある戦士の死を定めた時、不死鳥がその親の墓から飛び立ったのです。(2)しかし、この寛大な好敵手は互いに戦い倒れても、互いを敬いあったのであります。流血の戦を繰り返して土地は奪ったり奪われたりいたしましたが、それは憎しみのためではなく、すべては名誉のためでありました。名誉を傷つけられたパーシーが王侯に造反した時には、ダグラス一族がスコットランドの長槍をもって駆けつけたのでございます。誇り高きダグラスが王を敵として戦った際には、ダグラスのためにパーシーはイングランドの弓を引いたのであります。不運にも祖国の地から追われれば、両家とも互いの家の門を叩いたのです。極めて堅固な塔を襲い揺さぶったかつての敵のために、真夜中、城の明かりを灯したのです。

今宵、ダグラス家のある者があなたがたの庇護を求めます。妻！ 母！ 哀れみを覚える、かくも弱き名がありましょうか。彼女の苦悩の話にどうか寛大なお心で耳を傾けてください。彼女が望む唯一のもの、すなわち一滴の涙を彼女にお与えください。イングランドの皆様方のお心が、高潔なパーシーのごとくおやさしいことを、ひそかに彼女は懇願し、そしてそれを知りたいと願っております。

## 前口上（エディンバラ公演）

ペルシャの王がその数百万の軍をギリシャの兵と睨《にら》みあわせた、誰もが知る古典期に、アテネの国は隆盛を誇っておりました。その蓄えは少なく、土地は険しく、海岸は岩が多く、まるでカレドニア(3)のようでありました。しかしアテネのえた名声は、比肩するものなく、轟《とどろ》いておりました。そのように誇り高いアテネの卓越は、勇敢さをもたらすのではなく（不屈なスパルタ人に勇敢さでまさる者などおりましょうや）、処女パラス(4)やミューズが授ける学問とあらゆる芸術への愛好心を育んだのでございます。

中でも悲劇の女神は、(5)最も気高い情熱の火で燃えたアッティカ人一人一人の心を称賛したのでした。(6)平和時にはアッティカの詩人たちはその英雄たちと栄光を分かちあったのです。それぞれの報酬を分かちあったのでございます。悲劇の女神は名誉な記録を一つ一つ保ち残しました。アテネがうち負かした王たちのことを思って、アテネの人々は涙を流したのでございます。(7)

ここで口上をやめさせていただければと思います。舞台の上演を待ちきれない皆様方に悲劇の女王についてほめる必要はございますまい。この地の聴衆の皆様は、他国の英雄たちの苦悩に対しても、しばしばやさしい同情を示してこられました。今宵私たちの舞台が要求いたしますのは、普通の涙ではございません。と申しますのも、祖国の英雄、ダグラスが登場するからであります。その名は世界中で知られ、らっぱの轟音のごとく人を奮起させるような名前でございます。皆様のご先祖は、命惜しまず、一兵卒として、ダグラス軍につき従って流血の戦いを最後まで繰り広げたのでございます。知られているところでは、その恐るべき名前を聞けば降伏する軍も多かったとのことでございます。死してもなおダグラスの名が勝利を収めたのでございます。

波乱に満ちた話にとくと耳をお傾けください。著者による同類への同情が不十分であるかどうかお確かめください。こもごも至る悲喜に揺らぎつつ、著者は皆様の心からの涙を頂戴できるかどうか、裁きの機会を待っております。皆様が涙をお流しになられれば、著者はミューズのもとまで飛んで戻り、この国の英雄たちに次々に立ちあがるように求めることになります。さまよう戦士たちを呼び集め、ダグラスは彼らに母国での歓迎を請けあうことでありましょう。

## 登場人物

ランドルフ卿
グレナルヴォン
ノーヴァル（ダグラス）
みしらぬ者
従者たち
マチルダ（ランドルフ夫人）
アナ

# 第一幕

森に取り囲まれた城の中庭

ランドルフ夫人登場

**ランドルフ夫人**　わが心の悲しみをそのまま投影した陰鬱な闇に包まれた森と荒野よ。張り裂けそうな私の胸から悲しみの声を吐露させる重苦しい森と荒野よ。しばらくお暇をいただきたい。長く離れるつもりはありません。森の陰に住みついていると思われる精霊が、猛り狂う川の流れや樫の木のうなる音と私のうめき声とを聞き分けて、私の声に応答してくれます。おおダグラスよ、ダグラスよ、死者の霊がこの世をみることが許されるならば、あなたはこの城を囲む森で、天界人の情熱をもって、わが嘆きを聞いておられるはず。あなたの哀れな妻が、殺された夫と行方不明の幼き子のために泣くのを聞いておられるはず。あなたとともにこの不運な日に果てた兄の時ならぬ死を、私が嘆いているように人は思うでしょうが、私はあなたに向かって声をあげております。これまで誰も耳にしてこなかったような嘆きを、私はあなたに向けて漏らしているのです。私をみすてないでください。私は今や人妻といわれますが、わが心は完全にあなたのものです。心変わりすることなく、私の愛はあなたの血染めの墓に埋もれたままになっているのです。定めによってわが夫となったランドルフがやって来ます。私の苦悩を咎《とが》めるため、そして死者を軽蔑するために。

ランドルフ卿登場

**ランドルフ卿**　またこのような喪服を着ておるか！　お前の命をすり減らす激情にいっそう駆られるのがよいとでもいうのか？　生ける者こそ敬うべきところを、お前は無駄にものいわぬ死人を気遣う。

**ランドルフ夫人**　私が悼むあの方は問うても答えぬ人。子もなく、その名を思い起こす形見もなく、あの方は今やただ私の記憶にのみ生きていらっしゃるのです。この運命の日が、時が経ってやわらいだ悲しみを今一度揺り起こし、わが心の泉をまた新たに波立たせております。

ランドルフ卿　いったいいつになれば悲しみは消えるのだ？　この黒い喪服がお前の心の色を表しておる。絶えず暗く、陰鬱な色じゃ。わしらが神聖な契りで結ばれてから七年の月日が経った。しかしその間ずっと悲愁の雲がお前の額に覆いかぶさり、雲間から差す喜びの輝きによって少しでも壊れたり分かれたりはしなかった。砂上にできた足跡をなくす波のごとく、極めて深い苦悩の跡形をきれいに消し去る時間の経過も、お前の苦悩を消すには無力であった。

ランドルフ夫人　これから来る《きた》べき時も相も変わらず無力であったとしても、あなたは私を責めることはできません。スコットランドの若者たちが私の不運な愛を求めて互いに争った時、私はよくその殿方全員に、「父の力添えをえて私に求婚することはなさらないでください。あなたがたの幸運と私の不運とを同じくされてはなりません」と何度も嘆願したのです。というのも憂鬱が私の血を固まらせ、私の冷たい胸の中で愛情を凍らせてしまったのですから。わが父はとうとう卑劣な試みに駆り立てられて、あなたが無益に試みたように、私をあの方から引き離そうとして、(1)娘にその白髪頭を垂れて、老齢の父を哀れむように懇願し、私が結婚して、暴力や侮辱から守られるのをみなければ、心穏やかに死ぬことはないだろう、いや死ぬことなどできないと明言したのです。ちょうどその頃、私は悲しみの極みの中にあってあなたを訪ね、一人孤独に暮らしたいという強い願望を伝えたはずです。そして心が何の愛情も感じない女を妻にはしないようにとあなたに求めたはずです。それでもあなたは私を妻にしたいとこだわられたのを覚えておいでのはず。そして私が不貞であったわけではないと認めてもらわなければなりません。私は自分自身を傷つけるほどあなたを傷つけてはおりません。

**ランドルフ卿**　そのことを認めよう。しかし遺憾でならぬのは、わしがその悲しみを癒せずにいることじゃ。お前の心が悲しみと弱さだけで占められるかわりに、お前が他の感情を抱いて生気を取り戻せばよいのだが。女性には他に大事な誇り、怒り、虚栄心、ほめられたいという気持ちもある。こういったものが、お前の悲しみと争いつつそれをやわらげてくれるだろう。潮流どうしがぶつかりあって入り江の角を削り取るように。

ランドルフ夫人　人の心が一時的に平静になるのはそのような感情の合流のおかげであるということがよくありますが、私はそのような安らぎを羨ましいとは思いません。

ランドルフ卿　お前はマルカム卿の娘にふさわしくないのは確かだ。彼の怒りは強く、その憤慨は絶えることがなかった。というのも、お前の兄が倒れた時に、マルカム卿は、ダグラスの息子も同じ戦場で殺《あや》められたと聞いて微笑んだのだから。

ランドルフ夫人　わが父祖たちの悲しみを思い出させないでください。(2)あの方々の罪はその執念深い恨みであり、その罪の贖いは悲痛なものでありました。ダグラス一族との戦いで、ダグラス、マルカム両家の勇敢な戦士の生命が失われました。わが先祖たちはとうとう心地よいティヴィオット河畔の古い屋敷を後にせざるをえなくなり、今やわが一族の跡継ぎは残されておりません。彼らがそれほど酷くなかったなら、私はわが一族の最後の一人にはなっていなかったでしょうに。

ランドルフ卿　お前は悲しみのせいでわが言葉の意味を誤解しておる。わしは決してお前に熱烈な愛を求めなかった。気まぐれな娘の胸で高まるような熱烈な愛を決して求めなかった。ただ適度な愛情と親切なふるまいだけをわしは望んだが、むなしい望みであった。ゆえにその分お前への未練な気持ちを引きずらずとも、この国に垂れ込める戦雲を直視できる。デーン人の剣で万一わしが死んだところで、お前はそのために余計に一粒の涙も流すまいな。

ランドルフ夫人　どうかそんなふうにはお思いにならないでください。私は悲しみにうちひしがれていても、あなたの勲功を崇敬し、あなたの美徳を尊んでおります。今からどちらへ行かれるのです?

ランドルフ卿　陣屋に直行する。そこですべての戦士が期待して立ち続け、おちつかぬ様子で、人が到着するたびに、デーン人上陸を伝えるために参ったのかどうかと尋ねておる。

ランドルフ夫人　逆風が吹いて、デーン人の艦隊をスコットランドの沖から遠く離れたところに追いやりますように！　そして両軍のすべての兵士が、平穏無事に、心地のよい故郷に戻りますように！

ランドルフ卿　お前が申すのは女の望みじゃ。戦士の望みは以下のごときもの。いっそのこと、敵の故郷の地、風吹きすさぶ北方から風がまっすぐに吹いて、ついにはすべての船がカレドニアの浜に座礁して動けなくなればよい！　われらが敵デーン人にその大胆な侵攻を悔やませてやろう。座礁すれば破滅をもたらすその岸に、さまよう艦隊を近づかせないようにしよう。(3)

ランドルフ夫人　私は戦いが嫌いですが、習俗も、言葉も外見も異なる異国の敵との戦いは、しばしば繰り広げられる隣国との戦いほど恐ろしくも、忌々しくも感じません。この川が、想像によって引かれた架空の国境線になって姉妹王国を分け隔てております。両側には似た人々が双子のように互いに対をなし暮らしています。そしてどちらも勇敢。いずれも世界中でその勇敢さで高い武名を轟かせております。しかし両国は同族の軍を統一することがありません。何としても戦わなければならないのであれば、いっそのこと遠国の敵と遠いところで戦えばよいのですが、英蘇両国は隣国どうし残酷に戦っているのです。勇敢に戦い、気高く憤怒しても、戦いとは所詮遊戯に他なりません。朝には、夏の狩りに出るがごとくに陽気に戦場に赴き、夜が来て、朝の輝きを失った若い戦士は土くれになるのです。こうして不運な両国の若者は戦場に倒れます。このような結果を生み出すのが、英蘇両国の戦いなのです。

**ランドルフ卿**　それ以上聞きたくない。お前の訴えかけは兵士に剣を落とさせ、甲冑を脱ぎすてさせ、座り込んで己がこれまで収めた勝利を嘆かせてしまう上に、修道士のように、戦場で亡くなった戦士たちの魂に向かって天国の安らぎと平穏を祈る歌を歌わせてしまうのじゃ。奥よ、さらばじゃ！　ただお前を一人にはしない。向こうからやって来ているのは、務めも難なく果たす献身的な者。（ランドルフ卿退場）

アナ登場

アナ　奥様への愛情ゆえに急かしてしまいますことをどうかお許しください。愛情に急き立てられて、私は僭越ながら敢えて奥様の孤独の沈思を妨げて、悲しみに沈んでおられるためおろそかにされ、失っておられる時間のことで忠告申しあげたいと思います。

ランドルフ夫人　時を失うのは、私の望む時の使い方に他なりません。

アナ　奥様を咎めるつもりはございません。それは分不相応というもの。人がはじめて死の餌食になって以来、これほどまでに妹が兄を嘆くことはきっとなかったでしょう。若き頃に心から愛する夫を亡くされていたら、ご悲痛はいかなるものになったでしょうか？

ランドルフ夫人　おお。

アナ　差し出がましい気遣いでかえって奥様を苦しませてしまったのではないでしょうか？兄上の身の上について時宜をえず口にしてしまったことで悲しませてしまったのではないでしょ

うか？　お許しください。私は卑しい生まれではありますが、抱く心は富を求めるものではございません。奥様を熱烈に敬愛しておりますがゆえに、この同情の涙を出し尽くして枯らすためであれば、わが命を失う覚悟でございます。

**ランドルフ夫人**　どのような力が働いてあなたの舌は無自覚にも今のようなことをいってしまったというのでしょうか？

**アナ**　わかりません。しかし、私のいったことが奥様をおののかせてしまっている以上、私はもうそのようなことはこれ以上申しません。ただ、黙ってわが涙を奥様の涙とあわせてともに流すのみです。

**ランドルフ夫人**　いいえ、黙して語らずというわけにはいきません。私はあなたの忠実な愛を信用します。今後は、私の悩みに関して教え導く相談相手になってもらいます。しかしだからといってそれが一体何に役立つというのでしょうか？　あなたの弱い同情は、決して引くことのない上げ潮を引かせることができるでしょうか？　大地と海にそこで死んだ者たちを生きたまま手放させることができるでしょうか？

**アナ**　奥様、どういうことでございましょうか？

**ランドルフ夫人**　もし若くして夫を失っていたなら、わが悲しみがどのようなものになっていたかと尋ねたのでしたね？　私が若かりし頃の夫は、満身創痍の状態で、冷たい土の中にいるのです。海の洞穴に私とあの人の子がいるのです。

**アナ**　奥様、恐縮ですが驚くべきそのお話をうち明けていただければと。

**ランドルフ夫人**　ああ、昔からのいさかいが、代々の災いが、私の不運の源。人を支配する運命の定めによって、わが勇敢な兄は戦場で仇家のダグラスの息子の命を救い、彼と兄は永遠の友情を誓いあったのです。友人自慢の妹に会うために、おちつかない様子で、ダグラスはバラーモ(4)

に借り名でやって来ました。私は彼のとりこになってしまいました。彼の求める私の手を私が差し出すのに時間はかかりませんでした。兄が立ち会って私たちの結婚は認められました。光陰羽翼のついた矢の如しで、三週間という時間が瞬く間に私たちの頭上を飛び去ると、私の愛する主人は彼の父の戦いに加わるように求められ、私の涙もむなしく、わが兄もともに戦場に向かうことになりました。彼らが行ってしまうかしまわないうちに、私の厳格な父があの来客は実は身の上を偽ったダグラス卿の息子であることを耳にしたのです。怒りで狂わんばかりになった父は剣を引きぬいて、私に尋問しました。一人残され、みすてられ、気絶しそうになりながら、父の剣の前にひざまずいて、ダグラスという名の者とは決して結婚いたしませんと言葉を詰まらせて、ためらいながら私は誓ってしまいました。美徳の筆頭ともいうべき誠実よ、大地がぱっくり口を開いて、曲がりくねった偽りの道を歩むように破壊が地獄の深淵から叫んだとしても、これから歩み進める汝の道から決して誰も外れさせてはなりませぬ。

**アナ**　恐れおののく女性のうち、これほど大胆に真実を敢えてうち明ける人はほとんどおりますまい。

ランドルフ夫人　最も重要な真実を隠さず認めるのは最もたやすいことです。この教訓を覚えておいてください。私の悲劇的な話からこの貴重な教訓をえてください。数日後に恐るべき知らせが届いたのです。ダグラスと私の兄が二人とも死んだという知らせでした。わが主人、わが命、わが夫よ！　ああ神よ！　このような苦しみを受けるに値するいったい何事を私がしたというのでしょうか？

アナ　奥様！　涙を誘う話を私はこれまでたくさん耳にしてきましたが、このように悲しいお話を私は一度も聞いたことはございません。

ランドルフ夫人　心乱れ悲しみに沈んで間もない頃、私は気づいたのです。女性であれば夫を愛したいと願うように、私自身もそう願っていることに気づいたのです。しかし、誰がわが父に敢えてそんなことをいうでしょうか？　私たち夫婦の手を結ばせた善良な牧師は、わが兄の古い師でしたが、彼の愛するわが兄マルカムとともに戦場で倒れたのです。兄とその牧師だけしか私とあの人との結婚については知らなかったので、時が過ぎ父の財産が私のものになるまで、私は黙って隠し通すことに決めたのです。わが息子が生まれたまさにその晩、唯一信頼できる乳母がその姉の家にわが子を連れて向かいました。しかし、アナよ、乳母も子供も、あの惨事の時以来、みていませんし消息も聞いていないのです。死んでしまったわが子よ！　お前の愚かな母親がお前を失うことを恐れていたなら、しつこくうわさを立てられても平然とし、わが父の怒りや悲しみなど気にもとめず、あざ笑う世間をお前とともにさまよっていただろうに。

アナ　会ってもいないどころか消息もないとは！　ご子息はきっと生きていらっしゃるはずです。

ランドルフ夫人　いいえ。十二月の暗い夜のことでした。一晩中ひどく風が吹きつけ、雨がうちつけていました。道は運悪くキャロン川(5)を横切っており、その川の洪水にさらわれて、わが忠実な召使とわが子は死んだのです。とても不運な父の不運な息子。二人とも安らかに眠っています。私だけが悲しみのこの世に生き、罪の意識に苛まれる幽霊のように苦しみ徘徊することを運命づけられているのです。意地の悪い定めは孤独に悲しむ慰めさえ許してくれません。恋を感じなくなっていましたが、ランドルフとの結婚を強いられたのです。というのも彼は悪人の手から私を救い出してくれたからです。そして、マルカム卿の死によって私に移った土地を今はランドルフが所有しています。その土地は、本来ならわが息子に、バロンの称号と権力を与えていたはずだったのです。まだ息子が生まれぬうちに亡くなったその父親のことを嘆きながらも、そんなふうに考えて私は気持ちをおちつかせていたのです。息子が生まれたさまは、輝いてそしてすぐに消え去る天から差す光のようでした。ああわが息子よ！　お前の愚かな母親がどれだけ長らくの間お前を生き返らせることができたらと願ったことか。そうできるかどうかもわからずに。年ごとにその願いは薄れていますが、まだ完全に衰えたわけではありません。

アナ　不幸が偏る奥様の人生の糸を紡ぐ運命の女神の手が[6]、これからの奥様の人生を平穏無事なものとしますように。

ランドルフ夫人　この世にいる限り決してそうはならないでしょう。この世のさまざまな災いとそれが降りかかる人たちをこれまでよくみてきました。ああ、親切をすることでかえって心傷つけられることが何と多いことでしょうか？　情け深い愛情は悲しみを生む原因になるのです。愛する夫が死んだ時に自分も死んでいたらよかったのに！　ある善天使が私に神の摂理の書を開いて、私がわが人生の章を読むことを許していたなら、一つ一つ私が耐えてきたすべての災いをみるにつけ、わが心は砕けていたでしょう。

アナ　善天使を召使にしている神は、慈悲をもってその書を人間におみせにならなかったのですね。この話はもうやめにしなければならないようです。グレナルヴォンがやって来ます。彼が奥様にもの思いにふけったようなまなざしを向けるのをみました。そしてこちらの方にゆっくり歩いて来ます。

ランドルフ夫人　私は彼に会いたくないのです。不愉快な人はこのような時にはいっそう人をいらいらさせるのですから。

アナ　ランドルフ様の後継者である方のことをなぜそのようにおっしゃるのですか？

ランドルフ夫人　というのも彼はランドルフの美徳を受け継ぐ者ではないからです。ずるくぬけめないので、彼は人に対しては本来とは違う偽りの姿をみせているのです。彼はさまざまな人の好みにあわせて、たやすくその特徴を変化させることができます。自己否定をして自分の欲望を支配しているようにみえます。しかし攻撃的な性質から、彼は鎖につながれた狐のごとく、ねらった獲物を気づかれずに捕える機会を虎視眈々とうかがっているのです。グレナルヴォンの情け容赦ない心ほど、美徳と悪徳とが均衡を保てないものはありません。しかし彼は戦場では賢く勇敢で、このような戦乱の世では際立っているのです。私がなぜ彼をこんなふうにいうのかは後で話します。私が城に到着するまで彼を引きとめておいてください。（ランドルフ夫人退場）

アナ　おお幸運よ！　どこでお前をみつけることができるのか？　お前が、華麗さと富で飾られても、生まれや美しさとともにはいないのでしょうね。美徳とともにいるようにも思われない。さもなくば、この高潔な奥様がお前を逃すわけがなかったろうから。

## グレナルヴォン登場

グレナルヴォン　沈思する娘よ！　何を考え込んでいる？　恍惚として幻をみる予言者のごとく、お前の体は地にあって、思いは天にのぼっているようだ。

アナ　あなたのいうように、予言者になって、天国をみることで不安を消し去ることができればよいのに！

グレナルヴォン　お前は何を不安に思っているのか？　複雑な問題の処理のしかたで困ったことでもあるのか？　お前の若さ、美しさは疑うべくもない。こうした天の賜物のことを考えていればよい。そうすればお前の沈思は楽しいものとなる。

アナ　あちらの悲哀の象徴のような奥様の姿を女性たちにみせた後で、彼女たちに自分の美しさを自慢させてみてください。その女性たちのうちいったい誰が、奥様と同じく美しいなどと自らの美しさを誇ることができるでしょうか？　私は奥様の後についていかなければなりません。この日がまためぐってくると、奥様は古い昔の苦しみの記憶を呼び起こされるのです。（アナ退場）

**グレナルヴォン**（一人残って）　ランドルフの嫁さんは俺を避けているな。そのうちに俺はあの女にいい寄ってやろう。獅子がその花嫁たちにいい寄るように。俺をこの濃緑の谷の主に、力のある頭にする偉業は今なされている最中だ。今ほどよい時はない。俺が足音を立てても、戦の最中武具が立てるやかましい音でかき消されて、聞こえることはないだろう。ランドルフにはそろそろ逝ってもらってもよい。俺より運がよかったというだけで、やつは一度優勢になって、俺の成功を妨げた。あの女を捕えようとした時、たまたまあいつがやってきてあの女を救い出し、その返礼として女がやつのものになったというだけのことではないか。俺が知られずに逃れたのはせめてもの慰め。俺が危険にさらされながら種をまいても、やすやすと穂を刈るのはいつも他の輩になるのを、指をくわえてみているだけじゃ絶対に気がすまない。しかし、俺は安全ではない。

愛によって、あるいはそのようなものによって、刺激されて、興奮し、狂おしく俺は自分の熱い思いをあの人妻に伝えてしまった。あの女は旦那にこのことを知らせると脅している。女の気持ちがどんなふうであるか俺にはよくわからない。しかし旦那の怒りによって万事休すことはよくわかる。だとしても怖気づかずに生きていくことにしよう。俺が恐れている男は俺にとってはデーン人のようなもの。俺と俺が一番望むものとの間に立ちはだかるあの男の他に、妨げになる者などいない。嫁の方には近くに親族はいない。妹がらみの大きないさかいに加わる兄もいない。正義のためといって、わざわざ知らぬ者のために、グレナルヴォンに戦いを挑む大将を俺は知らない。

# 第二幕

中庭など

従者数人と一人のみしらぬ者が一方の側から、もう片方の側からランドルフ夫人とアナ登場

**ランドルフ夫人**　この騒ぎはいったい何なのです？　このあたりではみかけぬお方、しっかりとお話しください。何か被害を受けたのでしょうか？　この無礼な者どもが疲れた旅人を厚かましくも苦しめているのでしょうか？

**筆頭従者**　私たちはみしらぬ旅人を苦しめたことなどありません。この者はどなり声で叫んでわれわれを呼び出したのです。ひどく怖がって自分の恐怖を伝えられないほどです。

剣を引きぬき流血しているランドルフ卿と若者登場

**ランドルフ夫人**　その旅人の恐怖はみすごすわけにはいきません。いかがなされましたか、旦那様。

**ランドルフ卿**　この勇敢な若者のおかげで全く問題ない。彼の勇気はわしをみじめな死から救ってくれた。曲がりくねった谷を一人歩いておりていたところ、四辻で四人の武装した男たちがわしに襲いかかってきたのじゃ。この勇敢で寛大な若者が、災難の最中に現れる善天使のようにやって来ることがなかったら、危険をものともせずわしにかわって敵の相手をしていなかったら、放埒な仲間連中であることから追い剥ぎだと判断される彼らは、このランドルフをすぐさま倒していたであろう。やつらは彼に襲いかかったが、動きの激しい彼の腕が最も荒々しい二人をうち倒して、地面からその二人はもう起きあがることはなかった。他の者たちは全力で逃げ去って、彼は血染めの戦場の勝利者となったのじゃ。奥よ、何かいうがよい。勇敢で大胆な方を喜ばせる言葉が麗人の舌には宿っているのだから。奥よ、お前の主人のために彼に感謝の言葉をお伝えするのじゃ！

ランドルフ夫人　旦那様、私は今感じていることを口にできません。私の心は天とこの気高い若者への感謝の念であふれております。この方はあなたにもあなたの部下にも全く知られていないとはいえ、危険の中ためらわず優柔不断にもならず、慈悲深く勇敢にあなたの側に立って、そのような恐ろしい敵と戦ったのです。あなたは私たちが感謝するべきそのお方の素性をもうすでにご存じなのですか？　ランドルフ卿の命の救済者と呼ばなければならないその方はどなたなのでしょうか？

ランドルフ卿　わしも同じことを尋ねたのだが、答えてもらえておらぬのだ。しかし何としてもわが救済者は誰なのかを知らねばならぬ。（若者の方を向く）

若者　家柄もはっきりとしない卑しい生まれの男でございます。戦士になって戦いで名声をえたいという望みだけを誇りにする者でございます。

ランドルフ卿　あなたが何者であろうと、あなたの精神は、偉大なる王の王たる神によって気高いものにされているのです。あなたは最上至高の自然の手によって英雄になるように定められ、その特質を明らかに示しておられる。勇気と慎みの鑑よ、あなたの生まれを恥じずに明らかにしていただきたい！

若者　わが名はノーヴァルと申します。グランピアン(1)の山でわが父は羊の群れに餌をやっております。父は、地味で質素な田舎者でございまして、家畜を増やし、たった一人の息子である私を家にとどめおくことに常々気を配っておりました。と申しますのも、私は戦のことを耳にしては、好戦的な主の後について戦場まで赴きたいと切望していたからでございます。そして天がすぐに、父が認めない私の希望をかなえてくださいました。昨晩のぼったわが盾のように丸い月が、まだ三日月にもなっていなかった頃、その月の光の助けで、荒々しい乱暴者の一団が山から急流のごとくくだって谷に突進し、羊と牛の群れを払いのけたのでございます。羊飼いたちは、安全と救助を求めて逃げ去りました。私一人、弓を曲げ、箙《えびら》を矢でいっぱいにして、敵につきまとい、敵がたどった道に印をつけ、それからわが連れあいたちのところまで急いだのでございます。私は仲間に会ってそこから五十人を選んで先遣隊を形成し、敵を私が追跡することになったのです。そして戦利品が足手まといになった敵に追いつきました。われわれは戦い敵をうち負かしました。剣がぬかれる前に、わが弓から放たれた矢が敵の主を貫通しました。その主がその日身につけておりました武具を今私が身につけているわけでございます。凱旋いたしますと、私は羊飼いの怠惰な生活に嫌気が差しまして、わが善良なる王が豪胆な貴族たちにキャロン川の岸辺まで兵を導くように命じられたことを聞きつけましたため、私は父の家を去ることにしたのです。道案内役の召使を選びともに連れていくことにいたしました。そやつこそ、あそこで震えている自分の主人をみすてた臆病者でございます。隊列に加わりたいと思い旅をしながら、私はこれらの要塞を通り過ぎ、天に導かれるまま、今日という日に、わが卑しい名前を輝かせるような喜ばしいことをするに至ったのでございます。

ランドルフ卿　この方は勇敢であるだけでなく賢明でもある。このようなすばらしい謙虚さでこれまで話が語られたことがあっただろうか？　わが勇敢な救出者よ！　あなたにはこれからはもっと高貴な人々と競りあっていただくことにしよう。御前試合で、名声という褒美を求めて諸侯たちと競うがよろしかろう！　わしはあなたをスコットランド王に紹介しましょうぞ。王の勇ましいお心はこれまでも武勇を愛してこられたのです。ああマチルダよ！　なぜ涙を流しはじめるのじゃ？

**ランドルフ夫人**　わかりませぬ。さまざまな感情が奇妙に混じりあって、わが胸で高まるのでございます。その一つ一つがおそらく涙をそそるのでありましょう。ご無事で喜ばしく存じます。あなたを難から救ったこの方とこの方の運を私は称賛いたします。私が予想するところでは、あなたはこの方と運命を共有されるでしょう。無名で友もいないこの方は兵役に服したいと願って、危険を覚悟で常に死に直面しつつ名声を求めることを決意し、生まれが卑しいために逃してきた栄誉をその剣でえようと決めたのでしょう。この救出劇が知られていなければ、この方はいつしか消え去って、その勇敢さにもかかわらず、えるものは忘却だけであったかもしれません。しかし今やあなたが名誉をお与えになられるので、もう美徳が積めないと失望しなくてもよいのです。今や希望の戦士として異彩を放ち、名声がこの方の剣に宿っております。あなたがお話をしている間こんなことを私は考え、霊験あらたかな天上の神を祝福しておりました。

ランドルフ卿　お前の考えはいつも信心深く感謝に満ちておる。わしはお前のいう通りにする。名誉と軍権に関して、わしに次ぐ、グレナルヴォンとは互角のものをノーヴァルに与えることにしよう。

ノーヴァル　どのように感謝したらよいかわからないほどです。言葉と態度では無礼を働くことがございます。この時まで決してこのように身分の高い人々の面前に立つことはございませんでしたので。しかし、ご主君、わが胸中には大胆にも次のようなことを私にいわせる気概がございます。ノーヴァルは決してあなたのご厚意を踏みにじるようなことはいたしませぬ。

ランドルフ夫人　きっとそうであるはずです。あなたを私の騎士といたしましょう。今日あなたがしたように、幸運をもたらす勇敢さで常にランドルフの命を守ってください。

ランドルフ卿（ノーヴァルに対して）　よくいってくれた。これ以上話しあうのはやめにしよう。われわれはまだそなたに対して義理を負う立場。そなたの高い功績は、われわれがいくら感謝してもしたりないものじゃ。当初の企て通り、野営地へと進まねばならない。配下の者が何人か、あきらかに主人の遅参にしびれを切らして、こちらへ急行しているのがみえる。ノーヴァルよ、わしと参るのじゃ。そうすれば母国の選りすぐりの戦士たちにまみえることになるだろう。ただ今は、彼らは戦いたくてたまらずに、剣を振りまわして労を無駄にしておる。

ノーヴァル　ご主君、参りましょう。

ランドルフ卿（ランドルフ夫人に対して）　太陽が傾いて暗くなり、その広い軌道を描き切って向こうの山に沈む頃、わしらの帰還を期待するがよい。今宵はまたこの城内で休むことにする。陣は明日戦場に敷くつもりじゃ。饗宴の準備を怠らぬように。己の国のために戦う者は、その心が何ものにも縛られることなく、合戦前夜に親睦の賀宴に身をゆだねてもよかろう。危機が迫る中、二度とは訪れないかもしれないこの世の喜びを戦士がいとおしく思うなら、極めて感傷的な

親睦となろう。(ランドルフ卿とノーヴァル退場)

ランドルフ夫人とアナ

ランドルフ夫人　わが夫の最後の言葉は恐ろしいほど正鵠をえています。ダグラスよ！　私たち二人が別れた時も感傷にふけったのでしたね。そして二度と会うことはできぬ運命となりました。愛情に満ちた時間が素早く過ぎ去った後、天はいかばかり長きにわたって苦しみと絶望をお与えになったことか！　その間、わが胸の炎は幾度も、突然襲う恐怖の風に吹き消されても再燃し、以前の倍の激しさで燃えあがったものでした。

アナ　慈悲深い天が、奥様の胸で疼《うず》いている傷に、安らぎという甘い香油を注ぎますように！　というのも、地上の慰めではその傷は癒せないものですので。

ランドルフ夫人　天が唯一の良薬を施すことができるのです。つまりそれは墓、疲れた人が休む寝床です。私は何と不幸なのでしょうか！　そしてなぜ不幸なのでしょうか？　すべての幸せな親に私は愚痴をこぼしたい。あの勇敢なノーヴァルの母親は何と幸せなのでしょう。彼女は生きている夫のために陣痛の苦しみに耐え、男児が生まれた時に夫の祝福の言葉を聞いたことでしょう。彼女は微笑む幼子を胸に抱き、そのかわいい男の子の世話をしてその子を育てたことでしょう。彼女は、その愛情が功を奏し、わが子が勇気も顔立ちも仲間を凌ぐのをみたことでしょう。一方私はといえば、息子を生み落としたものの夫は死んでこの世にはなく、しかも轟音を立てる大水にその子をさらわれてしまったのです。

アナ　ああ！　なぜまた再びそのように悲しまれるのですか？　あの勇敢な若者がしばらくは奥様を悲しみから救ってくれたのだろうと思っておりました。奥様はあの若者を余念なく眺めていらっしゃいました。他のものをご覧になる時のもの思いにふけったまなざしではなく、ずっと喜ばしいご表情でした。

ランドルフ夫人　喜ばしい、といいましたか？　私の目はあの若者にさえ、生涯絶えずに燃え続けるわが悲しみの火の燃料をみつけだしたほどです。ダグラスの子が生きていたとしたら、あの新参の若い勇者のようであったでしょうし、目鼻立ちも格好も彼と対をなしていたでしょうにと私は思ったのです。年齢同様、天賦のあらゆる資質についても、私の子供は花盛りのノーヴァルと肩を並べていたでしょうにと思うのです。こんなふうにもの思いにふけっている間、想像の火の粉が私の悲しい心に降ってきて、家を出てさまよい、私の世話に身をゆだねるみなしごのようなあの新参の若者への愛情に火をつけたのです。「全力であなたを守り、そして私の肩入れであなたに名誉を与えましょう」と独り言をいったのです。

アナ　きっと天はこのような寛大な決意を祝福されるでしょう。気高いお心をおもちの奥様！　お力を行使しなければなりません。警戒しなければなりません。さまざまな策略が練られ、矢がノーヴァルの胸に向けられることになるでしょうから。

ランドルフ夫人　グレナルヴォンは、私が思いとどまらせることができなければ、ランドルフに寵愛された好敵手に対してずる賢い不誠実な策を弄してくるでしょう。彼を思いとどまらせることができるのは私だけでしょう。彼は出しゃばりではありますが、私が毛羽を立てる織物の価値をいかにしたら落とせるか注意してみていることでしょう。私は若いノーヴァルの幸運を織る織物職人となりましょう。(2) 人を称賛するのは心地よいものです。もっと幸せだった頃の私ほどこのような感情を抱きやすい者は他にはいませんでした。とはいえ、今では悲しみの閉所の中にしり込みして引きこもっているようにみえるでしょうが。時々早咲きの花がつぼみを開き、その絹のような葉を広げて甘い外気を取り込み、芳香を発し、それから強烈な風に傷められて葉を引っ込め、依然生きてはいるものの、香気と美にこだわらなくなるのをみたことはありませんか？まさにこれこそ私を象徴するものです。苦しみが、嵐のごとく、わが心の早咲きの花を枯らせてしまったのです。

グレナルヴォン登場

**グレナルヴォン**　わが親愛なる親類、ランドルフ様はいずこにおられますか？

ランドルフ夫人　グレナルヴォン殿、卑劣な者たちのことは聞いていないのですか？

グレナルヴォン　聞いています。やつらが逃げぬように、力強い一団に森を囲ませております。もしやつらがそこに潜んでいるなら、生かしたまま捕えて、そして拷問にかけて重要な秘密を彼らの口から強引に引き出してやります。ランドルフの敵の何者かが彼らを刺客として雇ったのかどうか、それとも。

ランドルフ夫人　ご配慮が殿への親類としての愛情にふさわしいものになるように、グレナルヴォン殿の耳に入れておきたい助言があります。（アナ退場）

グレナルヴォン　あなたの助言は私にはいつも命令に他なりません。

ランドルフ夫人　そうではないでしょう。私はあなたのことはわかっているのですよ。

グレナルヴォン　わかっているですと！

ランドルフ夫人　わかっている至極確かな理由があるのです。

グレナルヴォン　何をご存じだというのですか？　仰天せざるをえませんな。あなたを除けば、このグレナルヴォンに敢えて近づいてこのような言葉をかけたりする人は誰もいません。

ランドルフ夫人　かくも大胆な罪がありましょうか？　うまくおとなしさを装ってきたと誇らしく思っているのでは？　このようなことをよくも私にいえたものですね。あなたが義務として課されたおとなしさをみせていたため、私はあることをこれまで隠してきたのです。このことが明かされれば、あなたは無価値な者に、あるいはそれ以上に悪く、みすてられた乞食になって、哀れまれることもなくなってしまうでしょう。というのも人は皆あなたの犯した罪に身震いするからです。

グレナルヴォン　あなたの美徳を私は畏怖しています。まさに女性の筆頭というべき存在です！　しかし私にいわせてほしいのです。愛がまさって美徳の厳しい束縛から解放された愛におぼれた男は、希望同様富も失い、愛によって不幸をもたらされれば、必ず哀れみを受けるでしょう。哀れみとはそのような乞食に惜しみなく与えられる施しものなのです。というのも人は皆、愛が常に自分の主人であり、愛にむなしく抵抗しても愛がまさってますます勢いを増すことを知っているからです。それはあたかも、羊飼いによってつけられた火が乾燥したヒースの中を風にあおられ進むがごとくです。

ランドルフ夫人　このような言葉は、誰か他の人の耳に入れるために取っておいた方がよいでしょう。私は愛の弁解などに聞く耳をもちません。私の言葉に注意を払っていただきたいですわ。というのもそうするのがふさわしいからです。ランドルフは勇敢な救助者をここにとどめおいています。おそらく彼の存在をあなたはあまり喜ばずに、危険を承知の上で、彼に対して陰謀を企てるはずです。あなたの嫉妬によって、彼がランドルフとの間に築いたすばらしい絆が揺らいだり弱くなったりするようなことがあってはなりません。ランドルフの寵臣たちにあなたが取ってかわってきたことを私は知っています。あなたは私の心の中をのぞこうとするかのように私をみつめていますが、わが心はわが言葉同様隠し立てはありません。あなたの癇癪が突然飛び出す前に、私はこのようにあらかじめ忠告を与えて、あなたを抑えておかなければなりません。知人もないあの新参の若者は私の保護を求めているのです。私は彼の味方ですので、彼の敵にはならないでください。(ランドルフ夫人退場)

グレナルヴォン一人舞台に残る

**グレナルヴォン**　俺は子供で、自分の影にさえ驚き、臆病な良心をもった浅はかな愚か者であったが、(3)今の俺はこれまでの自分とは違う。理想の自分とも違う。運命の投げ槍が俺の無情な心を貫いて穴をあけたも同然だ。(4)もし俺が神話や宗教話を少しでも信じるなら、神の御手が、俺と争い、俺自らがしかけた巧妙なわなに、奸計をめぐらして逆に俺を陥れて俺を捕えようとしたなどと結論づけることになるのだろう。強姦や殺人は簡単にはうまくいかない！　強姦が未遂に終わったことによって、ランドルフにあの女を配偶者として渡すことになり、あいつを殺そうとすれば、寵臣が助けに現れて、俺は日陰者となる始末。最悪だ！ 対抗相手のおなりとは！ 燃えたぎる地獄よ！ 彼女がやつを愛していると俺が思うなら、これがお前の中心だ。(5) 確かに、あの女は俺を軽蔑し、それどころか俺に命令し、俺に対して不快な感情をみせつけている。これもひとえに旦那のためなのだろう。俺はこんなふうに大胆な反抗を受け、あの女のいうところの淑女の貞淑さに抑えられてしまうのだろうか？ 地獄の悪魔たちよ、憎しみ、野心、復讐よりも残忍な悪魔がそこにいるなら、立ちあがって、わが胸をお前たちの炎と容赦ない奸知で満たすがいい。偶然のせいで一度はある目標を失うことがあるかもしれないが、忍耐を続ければ最後には勝つものだ。というのも偶然にしろ運にしろ、当てにできない言葉に過ぎないからだ。不屈の英知こそ人の運命を左右するもの。まるで東の空にのぼって、奇妙な色の雲に隠れたり、雲間からところどころ姿をみせたりする赤い月のようにおぼろげに、ある謀が俺の心に思い浮かぶ。ノーヴァルとここにやって来たが、臆病であるためにやつに鼻であしらわれた召使を俺はねらうことにしよう。心にしこりのある家来こそ、その無思慮な主人に最強の致死の猛毒を吐き出すことが俺にはわかっている。（グレナルヴォン退場）

# 第三幕

前幕同様中庭など

アナ登場

アナ　悲しみよ！　お前の下僕たちが偉大な自然の秩序をぶち壊し、そして昼の時間を夜の時間に変えています！　奥様がお眠りの間、私は外に歩き出て、あそこの土手でそよぐ風に触れてきます。奥様の眠りが心地よいものとなりますように！　人類を愛する慈悲深い神の召使である、美徳に大いに喜ぶ天使たちよ！(1)　天上を去り奥様の臥所におりてきてください！　起きておられる間奥様につきまとっている陰鬱な影を、奥様がご覧になる夢から追い払ってください！　奥様の悲しい気持ちを天上世界の幻影で喜ばせるのです！　例えば、天上の祝福されたお方を天使らが黄金の寝床で喜ばせるような幻影で。

従者登場

従者　卑劣な刺客の一人を確保しました。森の中にそやつが潜んでいるのをみつけたのです。恐ろしい呪いの言葉を吐きながら全く罪を犯した覚えはないといっております。しかし、罪を犯したのはこれがはじめてではないようです。このような貴重品が、そやつめが身に着けた服の最も奥まった箇所に隠されておりました。おそらくそやつが殺した者から奪ったものでしょう。

アナ　それをみせてください。あ！　ここに心臓が。ダグラスという勇敢な名前がついた選ばれた家紋(2)！　これは卑しい身分の者にはもてない貴重品です。その男をみはってください。（アナ退場）

複数の従者が捕えられた者とともに登場

捕われ人　世間のことなどまだ何も知りもしない胎児よろしく、何のかどで自分が責められているのか理解できない。

筆頭従者　そうぬかすか！　拷問で本当のことを吐かせてやる。ランドルフの殿の奥方が来るのをみろ！　奥方様のしかるべき意趣返しに応じられるように覚悟しろ！

ランドルフ夫人とアナ登場

アナ　最大限の気丈さをお保ちになってから、その捕われ人と話をしてください。奥方様の威厳、名声は今や危機に瀕しております。生死に関わる秘密が一瞬にして口から飛び出した場合のことをよくお考えくださいませ。

ランドルフ夫人　わが息子がいかにして亡くなったのかを私が絶望的に聞く姿をあなたにみせましょう。ほら、あの男がひざまずきます。

捕われ人ひざまずく

**捕われ人**　とてもやさしく穏やかな顔つきのこのお方を天が祝福しますように！　あなたのような方のお裁きで世間知らずも堂々とものがいえます。奥方様！　私をこの残酷な男どもからお助けください。やつらは私を襲って捕えたのです。しかも殺人未遂を理由に私を責めているのです。神の裁きの座で慈悲を願う時、人殺しについては、草を嚙みちぎったことのないやさしい子羊よりも、私はやましいところはございません。

**ランドルフ夫人**　この男の罪についていかなる証拠を提示することができるのですか？

**筆頭従者**　この男が谷間のような窪みに潜んでいるのをみつけました。みつけだされて呼びかけられて、彼は驚いて逃げてしまいました。彼に追いついてどこから来たのか、何者であるのかを尋ねたのです。彼は、遠くから来て野営地に向かう途中だといいました。これだけでは納得できず、彼の衣服を調べると、この財宝が出てきたのです。その高い値うちがこの男にはすこぶる不利な証拠となります。彼の悪行は手に負えないものであり、幾年かにわたってなされてきたように思われます。この男のしぶとさを拷問にかけて試すことを許してくださいませ。

捕われ人　おお、やさしい奥様！　ご主人の大事なお命のために、お子様たちの幸福のために、この年寄りをご容赦ください。誓ってこの老いぼれにはご主人の命を襲うことなど決してできませんでした。鉄の拷問器具が老いぼれの関節を破壊するようなことはしないでください。この白髪頭の老いぼれをそのような痛みで殺すようなことはしないでください。

ランドルフ夫人　このことを説明してみなさい。あなたのものではないはずです。この財宝のことです。正直に真実をいってみなさい。嘘が明らかになれば死は絶対に免れません。

アナが従者たちを退場させて戻ってくる

捕われ人　ああ、私は耐えられぬほど悩み苦しんでおります。意志に反して金もうけのために罪を犯すのを誰にも決して許してはいけませんな。このことに関しては常に正しくあることこそが最もふさわしいことなのでしょう。私にやましいところはございませんが、昔の罪を明らかにせねばなりません。

ランドルフ夫人　アナ、あなたも聞いてください！　もう一度いいます。真実を率直に語るのです。この財宝が私にあなたの語る話の一部を先取りして教えてくれているのですから。それがこれからあなたが話すことと一致しなければ、恐ろしい死が即座にあなたに訪れることになります。

捕われ人　このように厳命された以上、人間の隠された罪を調べるためにあたかも天から地上に遣わされた神の使いのようにあなたのことを考えて、正確に話します。約十八年前、当時バラーモの領主だった勇敢なマルカム卿から土地を借りておりました。しかし落ちぶれた彼の家来たちは、私がもっているものすべてを奪い取り、私と私の四人の無力な幼子とその嘆き悲しむ母親を追い出して、私たちは吹きすさぶ冬の風にさらされるがままになったのです。川岸の小さなあばら家が私たちを迎え入れてくれました。そこでのつらい仕事とかつて余暇としてやっていた魚釣りの腕前で生計を支えたのです。よく記憶しておりますが、こうして貧しく暮らしていたある嵐の夜、風雨が激しくわが家の屋根を叩き、川が真っ赤に怒って水を運び、怒った水の精霊が大声で頻繁に悲鳴をあげました。真夜中に危機にさらされたある人の叫び声が聞こえました。私は起きあがって、水面下で水が旋回して渦を巻く淵まで走って向かったのです。そこは、流れに飲まれて浮かぶどんな物にも私が手を届かせることができる場所でした。その声は聞こえなくなり、悲鳴をあげた人の姿も消えていました。しかし悲しく懸命に水面を眺めておりましたところ、月の光のおかげで、ぐるぐると回るかごをみつけました。すぐに私はそのかごを川岸に引っ張ると、そこには不思議なことに嬰児が体をうずめて身を横たえておりました。

ランドルフ夫人　その子は生きていたのですか？

捕われ人　はい、生きていました。

# コロナ後の学術出版社

一つの重要な発展は、古代世界の直接的な情報の急速な増大という形をとった。人文主義者たちは、とくに修道院の図書館で、気に入った古典の著者のさらなる文献を系統的に調査し始め、とりわけ（ペトラルカの表現によれば）彼らが古代の「偉大な天才」とみなしたキケロのテキストをさらに探し求めた。こうした宝探しは急速に一連の重要な発見をもたらした。キケロの『縁者・友人宛書簡集』の完全なテキストがサルターティにより一三九二年にミラノのカテドラル図書室からよみがえった。（クエンティン・スキナー［著］／門間都喜郎［訳］『近代政治思想の基礎――ルネッサンス、宗教改革の時代』春風社、二〇〇九年、九九―一〇〇頁）

ヨーロッパ政治思想の名著とされるものの翻訳ですが、この度の新型コロナウイルスのことがなければ、自社で出版した本を、切実な気持ちで読み返すことはなかったと思います。日々、こころも、カラダも、アタマも変化します。コロナ禍を回避するための手立てがさまざまに講じられており、わたくしどもも、目の前の原稿に誠実に向き合うことにおいては以前と変りありませんが、あらためて、この度のことを契機とし、コロナ後の学術出版の意義について考えてみました。

現在に沈潜し、未来を想像してばかりでも埒が明かないところがあり、どうしても歴史を振り返らざるを得ません。かつて、ヨーロッパにおいてペストが大流行し、時を経て、ルネサンスの時代がやってきます。ペストがルネサンスを用意したとの言説も目にしますが、ペストの大流行とルネサンスの間には一〇〇年の時が挟まれています。ペスト禍のなかで聖職者も多数犠牲になったといわれます。修道院で古典を渉猟する人文主義者たち（右の引用文）が登場するまえに、歴史はすでに、ペスト禍＝黒死病を経験していました。

スキナーは、ペスト禍との関連でルネサンスを論じているわけではないけれど、神でなく人間の「偉大な天才」を求め写本を漁った人びとの情熱の底に、ペストの禍根がまざまざと残っていたのでは、と想像されます。

やがて、神にすがるのでなく、人間のありようを凝視する文芸復興の時を迎えますが、二〇二一年の現在が、ペスト禍の時代に準えることができるとすれば、ペトラルカ（彼はペスト禍を経験している）を経て、一〇〇年後には、レオナルド・ダ・ヴィンチをはじめとする、いま現在においては想像すらできない人物群が登場するかもしれず、巨いなるパラダイムシフトが起こらないとも限らない。まだ見ぬ傑物たちの登場を用意するのは、かつての時代がそうであったように、学問の灯を絶やさぬことにあると確信します。電池切れで全てが無に帰してしまうことのないように、だれが、どこで、いつ、なにを、どのように論じたのかを明確にし、それを紙媒体に残し、積み重ねていく時間が必要ではないでしょうか。

倦まず弛まず、いわば我慢する学問の営みが、今ほど求められる時はないと信じます。

次世代を担う子どもたちの姿を思い浮かべ、息のながい学問とふかい情愛を湛える研究を待ち望み、後世に手渡すべく、誠心誠意、高質の学術書を出版する版元でありつづけたいと祈念するところです。

二〇二一年春

春風社代表　三浦衛

## 森鷗外、創造への道程《みち》

小倉斉 著

多種多様な人物との出会いから生まれた交響、共鳴、あるいは摩擦が、やがて鷗外の豊かな創造への道程（みち）を切り開く。▼四六判上製・五二八頁・五三六四円

## アヴェルノ

ルイーズ・グリュック 著／江田孝臣 訳

二〇二〇年ノーベル文学賞受賞、アメリカ女性詩人の第一〇詩集初訳。米詩研究者が手がける清新な訳文に、その真骨頂をみる。▼四六判変形上製・一七六頁・二〇〇〇円

## フォークナーの『サンクチュアリ』再読《リヴィジョン》／改稿

### 語り手の再編成《モンタージュ》

岡田大樹 著

初稿と出版稿のテクスト配置順序を比較検討することにより、作家が初稿の語り手と格闘し、新たな語り手のかたちを模索した痕跡をたどる。▼四六判上製・二五六頁・三五〇〇円

## もうひとつの風景

### ファン・ルルフォの創作と技法

仁平ふくみ 著

現実の土地にまつわる声と記録を重ね合わせて物語を紡ぎ出した彼の創作法の鍵を、「権力」「場所の表象」といった切り口で読み解く。▼A5判上製・四三二頁・四五〇〇円


春風社

〒220-0044　横浜市西区紅葉ヶ丘 53　横浜市教育会館 3F

TEL (045)261-3168 ／ FAX (045)261-3169

E-MAIL：info@shumpu.com　Web：http://shumpu.com


この目録は 2022年5月作成のものです。これ以降、変更の場合がありますのでご諒承ください（価格は税別です）。

ランドルフ夫人　何て冷酷な！　波や嵐が殺さずにいたものをなぜ殺すことができたのでしょうか？

捕われ人　私はそれほど冷酷ではありません。

ランドルフ夫人　では殺さなかったと？

アナ　奥様、お気持ちが高ぶり過ぎていらっしゃいますわ。この男は残忍な殺人をしたようにはみえません。この男に話を続けさせましょう。きっと長らく行方不明のご子息のよい知らせが聞けるはずですわ。

捕われ人　過去にはいいことがあったとしても、俗事に追われ苦境に立たされ苦しんでいる極貧の人間というのは、悪魔に選ばれて次のようなことをするように誘惑されてしまう人のことです。富裕な人を襲って手をあげさせて、このようなことをするのは誰なのかと襲われた側に思わせるようなことをするように誘惑される人のことです。私はそのような男でありました。出口もみえない逆境という暗闇の中で落ちぶれておりました。しかし、諸王国の富と交換するといわれても、その嬰児に危害を加えることはなかったでしょう。

ランドルフ夫人　そのようにいうからには、子供は生きているかもしれないのですね！

捕われ人　つい最近まで彼は生きていました。

ランドルフ夫人　ああ天の神よ！　ということは最近死んだということですね？

捕われ人　死んだとはいっておりません。生きていることを望んでいます。ついこの間、若さと健康と美しさの盛りにあるその子を私はこの目でみました。

ランドルフ夫人　今どこにいるのです？

捕われ人　残念ながら存じません。

ランドルフ夫人　ああこれも宿命なのか！　私はいまだにあなたを疑っています。[3]　なぞかけではなく、直接明確に話してください。そうでなければ、私はあなたの心を探らねばなりません。

アナ　いつも賜るご厚情にもかかわらず、私に奥様への直言をお許しください。強い苛立ちは、抑えるのが難しいかもしれませんが、手に負えないものとなるのです。偽りなく話を続けなさい。[4]　その子のそばにいた最後の時までの話を。

捕われ人　私は恐れることなく真実を語ります。とはいえ恥をさらさなければいけませんが。その子が寝ていたかごの中に黄金や宝石がとてもたくさん詰め込まれていました。その財宝に誘惑されたわれわれは、世間のすべての人にこの驚くべき出来事を知らせず、その高貴な子を小百姓のように育てることに決めたのです。誰にもわれわれの財産の変化に気づかれないように、われわれは生国を去って北方に向かい、羊と牛の群れを買いつけて、徐々に秘密の財産があることを明かしはじめました。しかしすべてを御見通しになられる神がわれわれの貪欲さをよくみておられて、われわれを激しく罰せられたのです。というのも、次々に私たちの実子はすべて死んでしまい、拾い子のその子だけが自分がもっていた財産の相続人として残ったのです。私は父親の愛情をもってその子を愛しておりましたので、その子が物心ついた頃に、秘密を明かしたかったのですが、何か悪いことを予感して心配した妻が決して同意したがりませんでした。そうこうしているうちに、その子は成長してみばえもよくなり、たびたび気づかされたことでございますが、わが卑しい百姓の家の子としてふるまうことはありませんでした。本来の性質が現れはじめることになるものでございますので。穏やかな人に対しては穏やかなのですが、強情な者に対しては火のように荒れ狂ったのです。そして四六時中戦いや武器の話をしておりました。私はあの子の戦好きの気質には強く抵抗したのですが、全く無駄でした。というのも、向うみずの盗人一味が荒涼とした山からやって来ました時には……

ランドルフ夫人　永遠の神意！　あなたの名前は？

捕われ人　姓はノーヴァルにございます。わが子も同じ名です。

ランドルフ夫人　あの子こそ私の息子！　ああ神が慈悲を与えてくださった！　私が会ったのはわが子だったとは！　アナよ！　わが胸が熱くなったのも不思議ではありません。

アナ　まさに有頂天というべき状態ですね。女の心がこれほど激しい悲嘆と歓喜で試されたことはこれまでないでしょう。奥様は何と運命にもてあそばれることでありましょうか。しかし忘れてはいけないのは、従者の目が奥様をみているということです。奥様のご様子から判断して、感動していらっしゃるとみる者もいれば、あやしく思う者もいるかもしれないのです。おっしゃったことは立ち聞きされているかもしれません。

ランドルフ夫人　これはよい助言をくれましたね、アナ。天が私に、私のような地位にいる者が必要とする英知を与えてくださいますように！

アナ　こうしていつまでも試案している時間はございません。すぐに決めなければなりません。この有益な男を無事にどこかへ去らせなければなりません。ご主君があの勇敢な救済者とともに戻られる前に。

捕われ人　ただ驚き恐怖におののくばかりにございますが、あなたの言葉と物腰から正しく判断いたしますに、あなたは私のかつての主人のご息女であられますな。私が洪水から救い出したあの子はあなたのお子様では。

ランドルフ夫人　あなたに偽り隠しても無駄のようですね。その通り私はマルカム卿の娘で、あなたが洪水から救い出したその子はわが息子です。

捕われ人　私を貧困に追いやった時に祝福あれ！　わが貧困が主人の家を救ったのだ！

ランドルフ夫人　あなたの言葉に私は驚いています。確かにあなたは嘘をついていません。あなたの目には涙がにじんでいます。もし正しくあなたが自身の困窮話をしたというのであれば、マルカム家はあなたのような人の愛を受けるにふさわしくないことになります。

捕われ人　マルカム卿はわが国の貴族の中でも鑑ともいうべき存在で、最も信頼のできる友であり、最善の最も親切な主君でありました。しかし主君は私の嘆かわしい状況のことをご存じではいらっしゃらなかった。主君の勇敢なご子息で、あなたご自身の勇敢な兄上が倒れられた戦いの後、善良な主君は自暴自棄になって、思慮深く世間について考えることがなくなってしまわれました。そして、かつては常にしておられたように、家来たちのふるまいを調べるようなことは進んでされぬようになられました。私は彼らによって追い出されたのです。私は彼らを咎めます。私がわが主人を批判したように天が私を批判しますように！　私がマルカム家一族の方々を愛するがごとく神が私を愛しますように！

ランドルフ夫人　マルカム家の者たちには必ずあなたに報いさせることにしましょう。あなたが愛する主人の家の運命は、あなたの忠心にかかっています。キャロンの崖の聖者の住む隠遁所のようにみえる小さなさみしいあばら屋のことを覚えていますか？

捕われ人　覚えています。崖の小屋ですね。

ランドルフ夫人　そう、その小屋のことです。そこには、かつて若かりし頃に私の父に仕えた、今では高齢で高徳の人が住んでいます。その人に私に遣わされたと伝えてください。そしてその方とともにとどまっていただきたいのです。あなたが今私に語ったことを王侯貴族の前で再度話すように私があなたに求めることになるまで。このことだけしてくだされば結構です。そうすれば、あなたが将来ずっと名誉を失わずに過ごせるようにしましょう。あなたのご子息がこれからも長くあなたのことを父と呼び、そして国中の人が、ダグラスの息子、マルカム卿の跡継ぎを助けた人とあなたのことを祝福するようにします。今から私がいうことをよく覚えておいてください。もしあなたが息子と呼ぶ人に会っても、これまでと変わらず息子と呼び続けてください。そして彼の高貴な父親の話は一切しないでください。

**捕われ人**　実る前に鎌を入れてかなりの豊作を損なうようなことはいたしませんのでご安心ください。なぜわが家を去り嫁を後に残してきたかといえば、それは、息子をみつけて私が知っているすべてのことを語り、さらに、この宝石を息子の武具に身に着けさせるためにございました。そうすれば注目を集めて、息子の高貴な生まれの秘密を明らかにできるかもしれないと思っておりました。

ランドルフ夫人、従者たちの方に向かう

**ランドルフ夫人**　思いがけなく不利な可能性がまた別の不利な可能性を生み、この人はこうして刺客として扱われてしまってはいますが、彼はあなたたちが思っているような刺客ではありません。彼は宝玉を彼が急ぎ探すその本来の持ち主に忠実にも返そうとしているのです。彼を放してやるのがよいでしょう。というのもあなたたちがかっと熱くなって誤解したことによって、彼

はここへ無理に連行されたわけですから。（捕われ人と従者退場）

ランドルフ夫人とアナ

**ランドルフ夫人**　忠実なアナよ！　あなたは私の歓喜をともに分かちあってくれますね。きっとそうしていることでしょう。前代未聞の出来事ですものね。天から地に届いたエホバの腕が、波からわが息子を救い出し、私に返してくださるとは！　やもめの裁き主、みなしごの父よ、そのような贈りものをくださったことに対する未亡人の、母親の感謝を受け入れてください！(5)　アナ、あなたは立派な巣の若い鷲のことをどう思いますか？　若鷲のようなあの子はいち早く、きらめく武器に目がくぎづけとなり、運命によって投げ入れられたおちぶれた境遇をはねつけ、高貴な先祖のいる高みにまいあがったのです。

**アナ**　この上ない愛情を込めて奥様の目は彼をみいっておられました。強い本能という目にはみえない絆で、不思議なことに自然が奥様をご子息に引き寄せたのです。

ランドルフ夫人　ぬかりなく話される彼の出生秘話を信じることで、私は想像力を働かせる必要は全くありませんでした。私が突然彼を気に入ったのは彼が私に似ているせいではなかったのです。しかし今一度また彼の顔をみて、その特徴をくまなく調べて、彼が受け継いでいるのはダグラスの顔立ちか私自身の顔立ちなのかを知りたいと思うのです。しかしとりわけ、彼に本当の親が誰なのかを知らせ、彼に抱きつき、彼の父親のことをすべて語りたいのです。

アナ　奥様のやさしさがあふれ出して、みる人に変に思われないためにも、どうか人前では慎重におふるまいくださいませ。というのも、女性の姿をした智天使が万一この世で足をつけて歩いたら、誹謗中傷の言葉がその天使の裳裾に、汚い野良犬に吠えられるがごとくに、浴びせかけられるでしょうから。(6) 今日ご主人が奥様の涙に驚いておられました。

ランドルフ夫人　アナよ、確かに驚いていましたね。わたしはよくわかっています。ほんの少しでも気に障ることを主人が目撃すれば、彼の目は嫉妬に駆られた彼の狼狽を映し出すことでしょう。しかしそれゆえになおさら余計に私はダグラスの誕生をただちに宣言し、彼の権利を主張する必要があるのです。今晩私は息子に会って秘密をうち明かし、あの子の賢明さを頼りに相談することにします。さもなければ愚かにも私の判断は誤ってしまうことになりますから。あの子が今そうであるように、その気高い父親もやすらぎに包まれていました。彼の物腰、話し方は心地よいほどに簡素でしたが、一見常に賢そうにみえる実は詰まらない者たちには賢明さをしばしば隠していました。しかし問題が彼の強い精神の発揮を必要とする時、鋭い目に観察眼を宿らせて彼は勇ましく立ちあがりました。彼が熟慮の視線を投げかけるたびに、決断がその後に続きました。落雷が閃光の後を追うように。

アナ　あの悪魔のような男がいまだにつきまとっています。またグレナルヴォンが来ました。

ランドルフ夫人　もう私は彼を避けません。今日はノーヴァルのためにあの悪魔に立ち向かいました。ただ度を越していたかもしれません。これは少なくとも私がダグラスのことを神経過敏なほどに心配しているからだと理解してください。(7)

## グレナルヴォン登場

**グレナルヴォン**　奥様！　海を漂っていたデーン人がとうとう上陸しました。海賊の一団ではなく強大な軍勢です。彼らが武勇により覇を唱えるところに入植するべくやって来たのです。国をえるかそれとも滅びるか、一か八かの覚悟で攻め寄せて来たのです。

**ランドルフ夫人**　この知らせをどこからえたのです、グレナルヴォン？

**グレナルヴォン**　北方の大将[8]たちを急き立てるべく、向こうの陣営から派遣された敏捷な特使から、彼が通り過ぎた時、荒々しいデーン人がロジアンの東海岸に上陸したと知らされました。海に浮かぶ大きな岩、見事なバスロック[9]が肥沃な陸地をみわたしているあたりに上陸したのです。[10]

**ランドルフ夫人**　それならば、この西からも軍を進めて、エディンバラの城を守る勇武のエディンバラ軍に加わらなければなりません。

**グレナルヴォン**　もちろんのことです。かつては寸分たがわず正確に覚えておりましたエディンバラに関する記憶が、時間が経過して損なわれて消えていなければ、あの巨岩から離れて西の方角に荒地があり、そこは水軍には天然の要害となるように思われます。といいますのも、敵軍の一番の強みはぐらつかない兵士の脚でありますし、敵は船で攻め寄せるため軍馬を用いて側防はできませんので。もしデーンの大将たちがうまく戦術を展開し、わが俊足の騎兵が敵軍に接近しがたいのであれば、血まみれの戦いが、一対一の歩兵によって繰り広げられるに違いないのです。

**ランドルフ夫人**　いったいどれだけの母親が息子のことで嘆き悲しむことになるのでしょうか？　どれほど多くの未亡人が夫の死を嘆き、涙を流すことになるのでしょうか？　デンマークの奥方たちよ、私はあなた方のことも哀れに思います。あなた方は波打ち際に悲しく座って二度と戻らぬ主人の帰還を長らく待つことになるのですから。

グレナルヴォン　負け知らずのカレドニア軍は、しばしば北欧の兵士を殺してその伴侶をやもめにしてきました。思うに、殺された兵士たちの子らがその父と同じ運命に直面するためにまた攻め寄せるのです。地獄の川のような流血を目にし、大声で叫ぶ怒りの声を聞き、命が絶たれる苦しみを感じる極悪非道の戦い、それこそがグレナルヴォンの魂にふさわしいものであります。軽蔑は死の苦しみよりもつらいものであり、恥辱は先のとがった鋭い剣よりも激しい痛みを与えるものです。

ランドルフ夫人　私はあなたを軽蔑はしません、そうするべき場合を除けば。また咎めもしません、大胆な悪徳に対して侮辱を受けた美徳が主張を押し通そうとする時を除けば。グレナルヴォン、私はあなたの価値を認めます。私以上にあなたの武勲の誉れをほめたたえ、それに共鳴するのに適した者などいないでしょう。罪深い情熱を無駄にあおり立てるのはもうやめて、正当な伴侶たる栄光を探し求めなさい。デーン兵の兜を脱がせることで罪を贖いなさい。あなたの豪胆さをランドルフを守る盾として使いなさい。

**グレナルヴォン**　少しおちついて、改心した男のいうことを聞いてください。美が徳を求める時、当惑した悪徳はその本来の性質を避けて美徳に転じるのだとか。私はあなたに忠実な改心者となります。本当にそうであることが時間の経過とともにわかるでしょう。しかし一つの証拠をすぐにあなたに示したいと思います。その証拠とは、あの若者に情熱を傾けるあまり、多少高慢過ぎるくらいに、あなたはあなたの奴隷である私を今日拒みましたが、両軍の激突の最中、私は守護者の腕であの若者を守り、彼から死を追い払うようにするという誓いです。慣れにより沈着冷静になることができるので、戦場のわめき叫びの騒々しさに私が狂うことなどありますまい。

**ランドルフ夫人**　グレナルヴォンよ、そのように行動するのであれば、私はあなたの友人となりましょう。しかし、それだけがあなたの受けるせめてもの報いなのです。私のいうことを信じてください。本当に寛大な人こそが、本当に賢い人なのです。他人を愛せない人は祝福されずに生きることになるのです。（ランドルフ夫人退場）

グレナルヴォン（一人で）　アーメン！「徳はそれ自体が報いである」ってことだな！　彼女が使いたがるまさにその口調をうまくまねたんじゃないかと思う。ご機嫌取りの迎合よ！　お前は男にも女にも好かれる何と心地よいものか。露骨な世辞は人をめったに嫌がらせることはない！　世辞の効果を疑う人は人間というものがほとんどわかっていない。それこそが俺の鍵。人の心の小門を開く鍵。このようにしてこれまでどれほどうまくいったかわからないほどだ。それにもかかわらずあの女の猛烈な美徳の嵐だけは、しばらく静まってほしいものだ。俺が恐れているのはあの女だけ。あいつとランドルフが互いを信じて睦まじく生きている限り、俺の前途は不確かだ。[11]　運命の女神によって俺の頭上に吊りさげられた恥辱と死。その細い髪の毛だけで吊るしているので、あの女が強情を張ればそいつらがおっこちる、まさに危機一髪の状況だ。俺はなかなか腰をあげない愚図ではないが、運命という潮の満ち引きを計算することはできない。俺はノーヴァルの召使をねらうのが一番うってつけだと思う。あいつに金貨をみせたら、あいつは魂にかけて、俺が促したことは何でもいうし誓うといった。ノーヴァルはその外見で男も女も魅了しているのだとか。そんなノーヴァルの外見が、ランドルフ夫人のような美徳の塊ともいうべき上品で立派な貴婦人たちを魅了することが俺にはわかっている。ランドルフの嫉妬をあおる折には、やつめを真実に直面させることになるだろう。女性についてはできうる限り最悪の事態を想定しておけば、めったに誤ることはないという真実に。

# 第四幕

らっぱのファンファーレ

従者につき添われてランドルフ卿登場

**ランドルフ卿**　夜明けまでに馬百頭を集めよ。われらの酒宴が終わるのを城門で待ち受けさせよ。

**ランドルフ夫人**　殿！　よくない知らせを聞きました。デーン人が上陸したとのことです。

**ランドルフ卿**　この戦、略奪を決意したノーサンバーランド兵の侵入でもなく、対戦相手の槍を折り、未使用の武具を相手の血で染めようと決意した若い騎士の遊び興じの戦でも、馬上武術試合でもない。デーン人が上陸したか。われわれはやつらを追い返さなければならない。さもなくば、デンマークの奴隷として生きるしかない。

**ランドルフ夫人**　恐るべき時が来たのですね。

**ランドルフ卿**　防ぎようのない村々はすべてみすてられておる。恐れにわななく母親やその子供たちを防護壁がめぐらされた城に移しとどめおけば、その間は、デーン兵は憤慨しつつも引きさがる。しかし、やつらは砕ける波のごとく退いてもまたすさまじさを増して戻ってくる。

**ランドルフ夫人**　デーン軍はその兵の数が計り知れぬほどとのうわさでございます。

**ランドルフ卿**　人が皆声高に口にする噂の通り、大軍であったとしても、一致団結するわが軍はデーン軍を突き破るであろう。隙をつくらずがっちり組んで一丸となる兄弟たちと情け深い仲間たちが、好戦的なわが軍の縦列をなしている。かわいい子と愛する伴侶のために、夫が、恐さ知らずの父親が、武器を取る。卑しい者の心にも雄々しい情熱の火が燃える。貧しい農民でもその大胆な主に匹敵する働きをみせることになる。

**ランドルフ夫人**　男たちの心はその剣のごとく、戦いのために鍛えられているわけですね。敢えて危険を愛する者たちは、破滅の瀬戸際にあっても、嬉々として大胆にも追撃兵に立ちはだかる厚い防壁となるのです。それゆえに、時期早尚にも墓が建てられ、残された未亡人はさみしく暮らさざるをえず、悲嘆に暮れる母親は悲しみを募らせて晩年を過ごすことになるのです。わが勇敢な賓客はいずこにおられますか？

**ランドルフ卿**　暴れ馬を何とか御するのに懸命になっておったので、谷間の底に彼を残してきた。その馬の頑固さときたら、乗る者すべての力と技をくじいたほどである。しかしみよ！グレナルヴォンと真剣に話しながら彼はやって来るではないか。

ノーヴァルとグレナルヴォン登場

ランドルフ卿　グレナルヴォンよ！　ひばりとともに起き、出陣して、あそこの谷に控えるわしの軍を導くのだ！　わしはひそかに王の陣営に移動する。ノーヴァルよ！　そなたはわしと来るのじゃ。そなたはいったいどこでそのように戦いについて論じることができるようになったのじゃ。しかも今日聞いたような言葉で？　戦術は村人が学ぶようなものではないし、その用語は羊飼いをしているような若者たちの間で知られる言葉ではないのに。

ノーヴァル　寵愛いただいている私めの戦術を殿には快くほめたたえていただきましたが、それは些細なものでございます。どうかその由来をお聞きくださいませ。この上なく人里離れた、羊飼いでさえ足を踏み入れず到達しがたい山の崖の下にある、人間の手によって掘られたものとは思われない深い洞穴に、ある世捨て人が住んでおりました。ふさぎ込んだ陰気な隠遁者で、われわれさまよう若者たちに不思議に思われておりました。厳格で孤独で、自分自身に無慈悲であったので、われわれは隠遁者のことを次のように言いました。彼の寝床は冷たい土、彼が飲むものは水だけ、彼の食べるものは羊飼いの施しものだと。私は彼に会いに行きますと、私の心は尊敬と哀れみで動かされました。穏やかな口調で語られる彼の話は、いったんしはじめられたら最後、私に何度もそのさびしい独居を訪れさせることになるほどでした。といいますのも、彼は若い頃は兵士で、有名な戦いで戦ったことがあったからなのです。彼の参加した戦いには次のようなものがございました。大胆なゴドフロア（1）に導かれたヨーロッパの貴族たちが、聖地を不当に奪った異教徒たちに対してキリストの十字架をみせ、聖地を奪回した戦いです。私の称賛に気をよくした彼は、その話に火がついたかのように、余計な過去の記憶を振り払って、若かりし頃の交戦の記憶だけを鮮明によみがえらせました。それから、彼は古傷をみせた後、座って、まる一日戦いのことを話したものでした。私の想像の手助けになるようにと、彼は整列した軍の兵士を、なめらかな芝地に刻み、両軍の動き、奥行きのある縦隊や長くのびた横隊、方陣、新月旗そして堅固な密集軍のことを説明しました。サラセン軍やキリスト教軍が知っていた膨大な戦術のすべてをこの隠遁者は知っていたのです。

**ランドルフ卿**　出征軍に名誉を与えたはずであるこのような取り柄を、その兵士は何故荒野に隠していたのか？

ノーヴァル　そのことも最後にようやく知りました。不幸な人なのです！　勇敢に勝ちえた富と名誉を船に載せてメッシーナ港を経由して帰国する際に、無礼で荒々しい船長が彼にけんかをしかけたのです。二人は激しく戦い、倒された船長は、息を引き取る間際に、自分の名前と家柄を明かしますと、「おお神よ！　わが弟よ！」とその隠遁者は叫んだのでございます。(2)

ランドルフ夫人　弟ですって！

ノーヴァル　そうです。同じ親から生まれたたった一人の弟でした。二人は互いを許しあいました。思うに、死んだ弟の方が幸せだったかもしれません。生き残された兄の方は、それ以来多くの人が亡くなって苦しんできたわけですので。彼は荒野の岩に座し、あるいはまた、人が足を踏み入れたことがないような、名もない川の土手に腰をおろし、(3)一日中恐るべき自分の運命について沈思しているのです。時折、心が安定を失って、愛する弟の亡霊と会話をし、毎晩何度も陰気な臥所を離れて自分が殺した弟のために悲しい祈りを捧げるのです。

ランドルフ夫人　何という不可解な不運に生まれつく人がいることでしょう！　このすさまじい悲劇にはこの他に不幸な人はいなかったでしょうか？　彼らの両親は生きていたのですか？

ノーヴァル　いいえ、両親は二人とも死んでおりました。兄に倒された弟が血を流す前に、心やさしき天が両親の目を閉じてくれていたのです。

ランドルフ卿　その隠遁者の運命は何と過酷であることか。というのも彼は罰を受ける必要はなかったのだから。不可思議なこの世の宿命は、しばしば不当な判決をくだす。学者たちにこの謎を突きとめさせることにしよう。あの音はどこから聞こえるのか？

らっぱの音が遠くから聞こえてくる

将校登場

**将校**　わが君、あれはローン(4)の軍のらっぱにございます。その雄々しい大将が気高きランドルフ様をほめたたえているのです。

**ランドルフ卿**　わしの昔なじみの客人じゃ！　彼自らが軍を率いておるのであろうか？　デーン軍が武器を取るようにその勇敢な老騎士を奮起させたのか？

**将校**　いいえ、戦闘で負傷して、御大は剣をすてて今は戦っておられません。期待の星の勇敢なご長男、ローンのジョン殿が今は一族の軍を率いておられるようです。

**ランドルフ卿**　グレナルヴォン、行くのだ。歓待こそわれらの最強の願いであるがゆえに、その族長をもてなすのじゃ。（グレナルヴォン退場）

**将校**　わが君、そのように願ったところで無駄のようでございます。グレナルヴォンは、遅れることに耐えきれず急き立てられて、敵の接近の知らせに奮起している様子。

ランドルフ卿　ジョン殿の羽飾りに勝利が宿りますように！　この上なく勇敢な方。その羊と牛の群れについては気にかける必要はない。彼の所有する牧草地は、戦いで荒らされる心配がないほど戦場から遠く離れたところにあり、近づきがたい山々に守られている。しかし真っ先に彼は平地にくだり、自分とは関わりのない戦いで流血せんと熱望しておられる。古の英雄たちがそのようであった。彼らは怠惰と利益は軽蔑したが、名誉と戦いは常に愛したため、危険に遭遇し、強敵に対して槍を振りかざしたものであった。その勇士をこの胸に抱きしめに行こう。（ランドルフ卿退場）

ランドルフ夫人とノーヴァルが舞台に残る

ランドルフ夫人　その大将の高潔さと、すさまじい戦いを飾る誇りと誉れは、あなたの若い心をうっとりさせているのがわかりますよ、ノーヴァル。

ノーヴァル　うっとりさせないことがありましょうか！　私が父の家を去った時に祝福あれ！　さもなくば私は死ぬまでずっと羊飼いのままで、人知れず小作人の墓に忍び込むことになっていたでしょう。しかし今や、生きれば力強い大将たちとともに立ち、倒れれば雲上人の屍とともに眠ることができるのです。

ランドルフ夫人　あなたの胸にある寛大な精神は、もっと輝かしい幸運を維持することができて当然だったでしょう。どうかともにこちらへ。あそこの枝を広げた橅の木の下で、人にみられることも聞かれることもなく、不思議な話をしてあなたをびっくりさせることになるでしょう。

ノーヴァル　奥方、どうか私に話をしていただいてその不思議を知りつつ戦わせてください。感謝してその秘密を心に抱き、私の信念を証明することができるように、ぜひともそうさせてください。私の剣と私の命を意のままにしてください。このようなものしか哀れなノーヴァルはもちあわせておりませぬ。

ランドルフ夫人　この宝石を知っていますか？

ノーヴァル　敢えてわが目を信じるとすれば、知っているということになります。わが父のものでした。

ランドルフ夫人　あなたの父親のものだったというのですね！　ああ、そうです、それはあなたの父親のものだったのです。

ノーヴァル　かつてみたことがあります。興味本位で両親に尋ねました。そんな立派なものをどこで手に入れたのかと。しかし制止されてしまい、それ以上のことは知ることができませんでした。

ランドルフ夫人　それならば私のいうことをお聞きなさい。あなたはノーヴァルの息子ではないのです。

ノーヴァル　ノーヴァルの息子ではない！

ランドルフ夫人　あなたは羊飼いの家の出ではないのです。

ノーヴァル　奥様！　では私は何者なのですか？

ランドルフ夫人　あなたは高貴な生まれなのです。あなたの父親は貴人だったのですよ。

ノーヴァル　そう信じたいと思います。私にもっとお話しくださいませ。私の父は誰なのかお教えください。

ランドルフ夫人　ダグラスです。

ノーヴァル　ダグラス卿とは、今日私がお目にかかったお方でございましょうか？

ランドルフ夫人　あなたが会ったのはその弟です。

ノーヴァル　あそこの陣営にいらっしゃる方ですか？

ランドルフ夫人　ああ！

ノーヴァル　ため息を吐き、涙を流しておられるため、私は震えております。わが勇敢な父は生きているのですか？

ランドルフ夫人　勇敢でいらっしゃり過ぎたのです！　彼はあなたが生まれる前に戦場で果てました。

ノーヴァル　この世に生を受けて光をみる前に不幸が訪れるとは！　私の母は生きているのでありましょうか？　私自身の運命から判断するに、彼女の運命は悲痛なものであったと結論づけられるかもしれません。

ランドルフ夫人　生きています。ただ、夫に死なれ、子供を失った悲しみに涙を流しつつ、絶え間なく悲嘆に暮れていたずらに日々を過ごしています。

ノーヴァル　これほどうまく私の不幸な両親に関する悲しい話をされ、涙を流して私の母の悲運を嘆いてくださる。あなたが肩入れされる知人の子供にも思いやりをお示しください。どうか私に、わが母が誰で、どこにいるのかをお教えください。卑劣な世間に抑圧され、おそらく母は悲嘆という不幸に加え、それとは違う別の不幸の重みにも耐えて身をかがめていることでしょう。そしてして息子が与えるべき助けを、みじめに天に懇願していることでしょう。そうであるに違いありません。母が悲惨な運命をたどっていることはお顔を拝見すれば明らかです。母のおかれた身の上について教えてください。武力に頼ることができるのであれば、私が孝道を重んずるのを誰にもとめ立てさせません。

ランドルフ夫人　あなたの高徳は母の悲しみを消し去りました。わが息子よ！　私があなたの母親です。私がダグラスの妻なのです。

ノーヴァルの首に抱きつくランドルフ夫人

ノーヴァル　おお天よ、地よ！　わが運命は驚くべきことばかり！　あなたが私の母であるとは！　私にひざまずかせてください。

ランドルフ夫人　ダグラスのまさに生き写し。悲運の愛の果実。私があなたの父親から受け継いだものをすべて私はあなたに返します。

ノーヴァル　尊敬と敬慕がまだ私を支配して、息子があなたを母として愛するのを妨げています。私はこれまで卑しい身分の親の子であったのです。あなたがあらゆる女性の中で最もすぐれているように、父も他者の追随を許さなかったのでしょうか？

ランドルフ夫人　息子よ、起きあがりなさい！　かつて称賛された美しさのみじめな残骸を私の中にみてとるでしょう。私の人生はもう秋にさしかかりました。というのも悲しみによって夏のような人生の盛りが、急ぎ過ぎていったからです。私の人生の盛りにおいてさえ、私はあなたの父親にはかないませんでした。彼の目は鷲のようでしたが、しかし時には鳩の目のようになりました。すべての人の心をやさしさでつかむこともあれば、意気込んで人を畏怖させることもあり、彼の思い通りにできたのです。

ノーヴァル　父はどのようにして倒れられたのですか？　きっと父は流血あふれる野戦時に倒れられたに違いありません。聞きたいことは山ほどあります。

ランドルフ夫人　いずれ後ほどあなたの父と母の悲しみに関する長い話を聞かせましょう。今は次のことだけ話しておきます。あなたこそ、ランドルフ卿が私の夫として現在保有しているあそこの城とあの広大な領地の正当な後継者なのです。あなたが不当な扱いを受けるようなことはないようにします。私にはまだあなたの権利を取り戻す力があるのです。王の前で私はひざまずいて、ダグラス卿[5]にその血を守るように呼びかけるでしょう。

ノーヴァル　ダグラスの血は自力で自らを守るでしょう。

ランドルフ夫人　しかしランドルフとその同族の者の支配からあなたの土地と統治権を奪還するためには、支持者をえてその寵愛を受けることの両方が必要なのです。しかし思うに、私の話によって、やさしい心のもち主ならその各々が哀れみの情を抱き、私の生き方を知ることで、徳のある人たちは私を信頼してくれるでしょう。

ノーヴァル　ダグラス家の嫡男であるというだけで私には十分な相続です。私の生まれを公表してください。そうすれば私は名声と幸運を戦場に求めることになるでしょう。

ランドルフ夫人　不幸な人間が勇敢なところをみせると、いかなる危険と不当な仕うちが待ち構えることになるのかあなたはわかっていないのです。息子よ！　この国中で最も高貴な血筋が、みおとりする貧困の他につき従う者もおらず、恥じ入っているのです。ダグラスよ！　あなたはあまりに長くこのように貧しさとともに生き続けてきました。あまりに長く小作人の子だとみなされて続けてきたのです。ある無名の族長の後継者が悪意をもってその若気の至りであなたを軽蔑したことでしょう。その時お前の怒りは大きくなってもあらわにすることはできなかったのでしょう。(6)これ以上そのような恥辱にお前が耐えることがないようにしてあげます。お前の受けた不当な扱いの埋めあわせをいかに企てるかについては今後話すことにしましょう。慎重に事を運ぶため、向こうにみえる大将たちが戻ってくる前に私たちは別れなければなりません。退いて、田舎からつき従う召使の手から手紙を受け取るのです。その手紙は、お前にしきりに会いたがっている母親の心配が、思いがけずこのように二人だけで話をする機会をえる前に、母に書きとどめさせたものです。その手紙の内容に注意して読むことです。そこに私たちが再び出会う時と場所を定めているので。息子よ、去りなさい。そして高貴なダグラスのような威厳を示すのではなく、まだノーヴァルとしてふるまうのですよ。

**ノーヴァル**　肝に命じます。父ノーヴァルは今いずこに？

**ランドルフ夫人**　近くで身を隠しています。彼は大事な証人です。しかし息子よ、あのグレナルヴォンには用心なさい。あの悪意に満ちた心には悪漢の狡猾さが宿り、絶えず間違った推測をしがちなのです。あの男のせいでわが心痛は絶えないのです。

**ノーヴァル**　そうなのですか？　それならば、あの信頼できないグレナルヴォンが私におのずと用心するようにしてやります。（ノーヴァル退場）(7)

ランドルフ夫人はそのまま残る

ランドルフ夫人　いぶり火がようやく炎をえて燃えあがりはじめた！　父なき子の父と呼ばれる正当かつ永遠の王よ！(8)　私の息子をお守りください。神よ！　あなたの霊感によって息子の胸は、彼の先祖の胸でも燃えた聖なる炎で満ちております。彼が母国の星、母国の誉れとして輝くように、先祖同様彼を高みに立たせてください。そうしていただけるのであれば、死の使者がおりてきてわが魂をもち帰っても構いません。向こうから彼らが来ます。悪賢い女でさえ、無表情で罪を隠し通そうとしてもまず無理でしょう。ましてや私など、自然の敬虔な意図通りに、理性と正義に動かされてしまって、彼らにまともにしらを切ることなどほとんどできないでしょう。

ランドルフ卿とグレナルヴォン登場

ランドルフ卿　一心不乱に戦うあの勇敢な大将は少しも休息は要らぬといっておる。

ランドルフ夫人　殿、どうか彼を手本とされませんように。今は明日やるべきことの用意をなさってください。そして次にお目にかかる時は、戦いの話はもうなさらないでください。（ラン

ドルフ夫人退場）

ランドルフ卿とグレナルヴォンはそのまま残る

**ランドルフ卿**　やはりそうか。妻の態度、声色、目の表情、慌てて出て行った様子から明らかだ。

**グレナルヴォン**　やつは今奥様と別れました。丘の背後へと木々の中をやつがすべるように進んで消えていくのを私はみました。

**ランドルフ卿**　あの女は悲しみに暮れて引きこもりがちであったので貞節を守るという評判をえていたのだが。

**グレナルヴォン**　全くその通りにございます、殿。

ランドルフ卿　しかしこのように高い評判の奥が、面識をもって一日ばかりの若者を誘い、真夜中に二人きりで会おうとしている。この密会の約束（手紙をみせて）、暗殺者の解放、あの若者への奥の明らかな愛情をみせられれば、すべては愛のために心やさしい妻と結ばれた夫でさえ、その心に疑いを引き起こすであろう。わしならなおさらのこと。マチルダは決してわしを愛していなかったのだ。嫁資として女が持参するものが金鉱であっても王国であっても、今後どんな男も、わしのように女に愛されておらぬと知りつつ、結婚するようなことがないようにしよう。というのも、陰に隠れた夜の女王のように、一見すると冷たく静観しているようにみえることを女に許したところで、そんな女を男は信じることはできないからだ。信じることになれば、女は男にきっと恥と悲しみをもたらすことであろう。この上ない悲しみ、この上ない屈辱をもたらすであろう。

グレナルヴォン　殿、そのようなつらいお考えに屈してはなりませぬ。しかし、ご判断に基づき確実な結論をおくだしになるまで、夫として抱かれるお疑いを眠らせておいてください。この手紙は花盛りのノーヴァルのもとに届くに違いありません。ここから最も近い曲がり角にて信頼のおける私の密偵が待ち構えております。今はここにあっても、改めてノーヴァル宛てに出された手紙にして密偵に渡します。近くの茂みにこっそりと立ってご覧ください。月が明るく輝いておりますので、あの二人の行動をみて判断いただけるでしょう。

ランドルフ卿　よく計画しておるな。

グレナルヴォン　私に少し試させていただきたいことがございます。機知、勇気、英知のいずれによってえられたものであれ、うぬぼれの強い人間が自慢するあらゆる戦利品のうち、若者に最も魅力的なものは、虜となった女性の心でございます。輝かしく恋愛で勝利を収めてのぼせあがって陶酔してしまうのです。そしてうぬぼれた勝者は、他の者どもよりも高みにのぼり有頂天になって、空中に浮かんだように歩くのです。

ランドルフ卿　それでその道理が何だというのじゃ？

グレナルヴォン　とても大事なものになるのです、殿。しばしお控えくださいませ。ノーヴァルに言葉をかけて近づいてみます。助言として皮肉なあざけりの言葉を与えてやつの心を探ってみます。やつが殿の寵愛によって昇進した、慎み深いノーヴァルに他ならなければ、勇敢であるとはいえ、驚いて私からしり込みするでしょう。しかし、あの美女のお気に入りであるなら、カレドニアの無双の貴婦人に愛されているのであれば、獅子が狩人の槍に襲いかかるがごとく、やつは私に襲いかかるでしょう。

ランドルフ卿　ぬかりなく考えておるな。

グレナルヴォン　私たちの声が大きくなりましたら、近づいてください。しかしわき起こる怒りを抑えてください。（ランドルフ卿退場）

グレナルヴォンはそのまま残る

グレナルヴォン　彼女が愛におぼれて、誰にもほとんど知られていないようなあの若者めがけて全力で疾走するというのは実に奇妙な話だ。[9] 氷が厚く張り白くなって流れがみえない冬の川のように、貞淑にみえる女もその本心をなかなかみせないものなのだ。俺でさえあの女が貞節だと思ったくらいだ。しかし実際はあの女も他の女同様利己的だってことだ。尊い性別である女よ！　お前のみだらな行為はグレナルヴォンの想像を絶する。

ノーヴァル登場

グレナルヴォン　奴があんなありさまになるのを待っていたのだ。やつに向かって雷がごろごろなれば、奴は雷を叱りつけようとするほど虫の居所がよくないようだ。ノーヴァルよ、あの軍をみたか？

ノーヴァル　夕日が黄金色の光線ですべての谷を照らし、戦士たちが動くと、戦士一人一人の磨かれた兜、甲冑、槍がその光を反射して輝いたのです。彼らが丘にのぼり、その頂で立ちどまり、並々ならぬ背丈でそびえ立つと、あたかも燃える武具を身につけた天使の軍のようにみえました。

グレナルヴォン　よく言ったものだ。これほど堂々とした声で壮麗な戦いについて物語るわが軍の統率者は他にいない。

ノーヴァル　統率者の名をえることができるのでありましたら、私の語りは熱情がもっと抑えられたものになるでしょう。新参者であるが故に饒舌になっただけでございます。また若さゆえに口から称賛の言葉が遠慮なく漏れ出たまでにございます。武勇の誉れに関して私が称賛の分け前にあずかることなどできませぬゆえ。

グレナルヴォン　勇者よ！　君は自分自身を卑下している。君の武勇の功績は君を偉人たちと同列にするものだ。ノーヴァルよ！　どうか聞いてほしい。ランドルフ卿の寵愛によって今や若い君が、有名な戦いに赴いて名をあげた古参兵たちよりも高い立場におかれているのだ。この古参兵を知る私に助言を与えさせてもらいたい。すべての名誉を彼らに与えてほしい。彼らに命令するようなことは控えてもらいたい。そうでなければ彼らは、最近君が突如取り立てられたのをほとんど許せないはずだ。というのも君には支えてくれる味方も、飾り立てることができる家柄もないのだから。

ノーヴァル　私はこれまでずっと率直かつ誠実に真実を聞き語ることを習慣にしてきました。友情を語って実は侮辱する人がいると教えられていたけれども、そのような二枚舌に私は慣れておらず扱うのは不得意です。だから私はあなたの忠告に感謝します。聞くのがつらい忠告ではありましたが。なぜ私に卑しい生まれであることを思い出せるのですか？　なぜそのような蔑みの言葉でわが隆盛をあしざまにいうのですか？

グレナルヴォン　私は君の自尊心をあざけるつもりはなかったが、今それがだいぶ大きなものであることがわかった。

ノーヴァル　私の自尊心を！

グレナルヴォン　成功したいならそれを抑えた方がよい。君の自尊心は度を越している。殿の御ため、君がうぬぼれるのに任せて軽率なことをするのを許すわけにはいかない。このように君が思いあがって、高貴な生まれの人々のいうことに難色を示せば、彼らは羊飼いの軽蔑に耐えられるであろうか？

ノーヴァル　羊飼いの軽蔑ですと？

グレナルヴォン　そうだ。もし君が敢えて兵士たちに、あたかも彼らの心をみきわめているかのように、軽蔑のまなざしを向けて「おまえたちは俺にはかなわない」などと心の中で思えば、君はどうなることだろうか？

ノーヴァル　このことを話すことができたなら（傍白で）。おこがましい己に対して恐怖をもたないのか？(10)

グレナルヴォン　ほう、俺を脅しているつもりか？

ノーヴァル　話を聞いていなかったのか？

グレナルヴォン　いやいやながら聞いていた。自分よりも高貴な敵にこのような口の聞き方をする者などこれまでいなかった。お前のような輩以外にな。

ノーヴァル　お前は俺を誰だと思っているんだ？

グレナルヴォン　ノーヴァルであろう。

ノーヴァル　その通り俺はノーヴァル。グレナルヴォンの目に映るノーヴァルは何者か？

グレナルヴォン　小作人の息子、さすらいの乞食の少年。事実以上にあしざまにいわずとも、せいぜいそのようなものに過ぎない。

ノーヴァル　お前は不誠実なので、俺が誠実であることを疑うのか？

グレナルヴォン　お前が誠実だと！　お前のいっていることはすべて嘘だ。お前がランドルフ卿に語った虚栄心に満ちた話も全くのでっちあげだ。

ノーヴァル　鎖で縛られていても、武具を身に着けていなくとも、寝たきりの年寄りであっても、俺は口汚い悪口をお前に浴びせかけるだろう。しかし今の俺はののしる舌をもてない。卑しいノーヴァルのままであれば、やってみなければ気がすまないという家柄なのだが。お前のちっぽけな勇気を凍りつかせてわが剣の一撃のもとにお前を倒すことを恐れなければ、俺はお前が何者であるかをお前にいってやれるのだけれども。俺はお前のことをよく知っている。

グレナルヴォン　お前のような数多の奴隷どもを支配するために生まれたグレナルヴォンのことを知っていて当然だろうな。

ノーヴァル　悪漢め、それ以上ほざくな！　命を守りたくば剣をぬくがいい！　別の理由でお前に挑むつもりであった。しかし天がお前への復讐を俺に急かしている。俺自身とランドルフの奥様の受けた不当な仕うちのために、いざ。

ランドルフ卿登場

ランドルフ卿　待て、両名に命じる、騒ぎを起こせばわしの敵となる。

ノーヴァル　殿、殿以外の別の声で脅されても無視していたことでしょう。

グレナルヴォン　殿、こやつの話を聞いてください。この男は驚くほど謙虚です。羊飼いノーヴァルの謙虚さにご注目ください！

ノーヴァル　さあ心配なくそのようにばかにするがよい。（鞘に剣を収める）

ランドルフ卿　互いにあざけりあってそのようにいわずに、わしにいさかいの訳をうち明けよ！　そうすれば、お前たちの間に立ってわしが裁定しよう。

ノーヴァル　いや殿、私はあなたをとても尊敬しておりますが、いさかいの理由を申し立てることはいたしませんし、裁定していただくことも要求いたしません。話せば赤面してしまいます。私がこの男から受けた侮辱的な言葉などどこで繰り返すことはありませんし、できもしません。私は臣下として故国の主に敬意を払うべきではございますが、殿のご仲裁さえも私はお断りいたしたいと思います。わが胸中には別の主がおりまする。それは名誉でございます。名誉のみが、自らを裁くことのできる裁定者でございます。[11] 殿、私のあけすけなものいいがご気分を害するようでございましたら、ご寵愛を反故にしてください。そして私が一人でここにやって来た時のように、私を身軽にしていただきたい。ただ名誉が汚されることがないように願います。

ランドルフ卿　今までのところから虚心坦懐に次のように折りあいをつけたいと思う。カレドニアの年来の仇敵が、恐れおののくわれらの領土で旗を振っておる。わが軍が大胆な侵入者を追い払うまで、いったんお前たちの問題をたなあげにして、追い払ってから内輪もめの勝敗を決せよ。

グレナルヴォン　了解いたしました。

ノーヴァル　右に同じ。

使用人登場

使用人　酒宴の用意ができております。

ランドルフ卿　では参ろう。（ランドルフ卿退場）

グレナルヴォン　俺たちの不和が社交の機会を台無しにしないようにしよう。ランドルフ様のもてなしを無駄にしないようにしよう。しかめ面で怒ったり、額にしわを寄せて憎しんだりして、俺は自分の顔つきが暗くなることがないようにするから、お前も眉間のしわをのばせ。俺たちのいさかいでやさしい奥様が当惑することがないようにしよう。

ノーヴァル　俺の憤慨をそんなに軽く扱わないでくれ！　今度対決すれば、その時には生死を決することになる。

# 第五幕

森

ダグラス登場(1)

ダグラス　ここは、森の中心。ここには、森の王たる、この樫の木が立っている。この真夜中の光景は何と心地よく厳かなことか！　銀の月が、雲一つかからず、小さな星を一つ一つ数えることができるほど澄んだ夜空を渡っていく。西風がそよそよと吹きつけてもほとんど木の葉はそよぐことがない。小石で覆われた川底の上を勢いよく流れている川の水も、いったん穏やかになれば、静けさを際立たせる。このような時間に、このような場所で、先祖の存在が少しでも信じられるなら、まいおりた亡霊がこれまで通り人と語らい、まだ知られていないこの世の秘密を教えてくれるのだ。(2)

ノーヴァル（父）登場

ノーヴァル（父）　わが息子か。あの子がこれから私を叱ったらどうなるか？　あの子の公正な叱責が怖い。

ダグラスは向きを変えてノーヴァル（父）をみる

ノーヴァル（父）　どうか許してほしい。マルカム卿の跡取りを羊飼いの息子として育てたこの自分勝手な男をどうか許してほしい。

ダグラス　ひざまずかないでください。あなたはいまだに私の父親ですよ。あなたとの再会を望んでおりましたが、今それがかない喜びもひとしおです。ようこそおいでくださいました。私の財産をあなたと分かちあいます。あなたの息子であるこのダグラスとともに堂々とお過ごしください。

ノーヴァル（父）　父と呼んでくれるか？　ああ、わが息子！　実に不当な待遇をしたことで、お前に償いをするために死にたいくらいであるのに。お前の盛時が荒野に長らく隠され徒《あだ》になってしまったのはわが罪だ。

ダグラス　荒野で花をつける果実がそうでない果実よりも悪いということにはなりません。粗末なあばら家で、羊飼いたちとともに過ごしていくつかの教訓をえました。向こうにある高い塔に住むことになっても、私はその教訓を決して忘れないでしょう。かつては田舎者であった私はこれからもずっと貧しい人の味方になります。わが臣下が頭をさげる時、あなたがダグラスの傲慢をくじいてください。

ノーヴァル（父）　お前の昇進だけを楽しみに生きたい。だが私はとても恐れている。ここを、この味方のいない城を去ってほしい。

ダグラス　なぜここを去る必要があるのですか?

ノーヴァル(父)　ランドルフ卿とその親類がそなたの命を狙っているからだ。

ダグラス　なぜそんなことを知っているのですか?

ノーヴァル(父)　どうしてか教えよう。夜になって、そなたの母上のお気遣いで定められた秘密の場所を私が後にして、浅はかにも城に通じる慣れた道を歩いていた。このように私がぶらついている間、不意に深刻な声が聞こえて驚いたというわけなのだ。その声の主たちがやって来たので、私はみつからないように潜んで、彼らが話をする時、ランドルフ、グレナルヴォンと互いを名前で呼びあうのを耳をすまして聞いていたのだ。二人は絶え間なくそなたと奥様のことを話していた。二人の会話を完全には聞き取ることはできなかったが、彼らの話は物騒な内容であった。奇妙なことだ、驚くべき発覚だと二人はいって、時々復讐を誓っていた。

ダグラス　何のための復讐だというのでしょうか？

ノーヴァル（父）　そなたの今ある立場のためであろう。マルカム卿の跡継ぎであるわけだから。他にどうして彼らを怒らせることがあるだろうか？　彼らが行ってしまってから、私は自分のあばら家に急行し、彼らの邪悪な目的をそなたに知らせる手段をどのようにしてみつけたら一番よいか思いめぐらしていた。しかし何も思い浮かばなかった。ついに光明をみいだせぬままあばら家を出て、疲れた足取りで何歩も歩き、そなたにまみえることができればと物ほしげなまなざしを送って、城を一周し、その結果、今こうして神意によってそなたと会うことがかなった。どうか気迫に満ち過ぎて私の忠告を軽く扱うことがないようにしてほしい。

ダグラス　決して軽く扱いません。母がグレナルヴォンの卑劣さに関して忠告を与えてくれました。しかし気高いランドルフ様のことを疑うことはできません。私たちが下劣な刺客と遭遇した時、あの方の勇敢な態度を目の当たりにしたからです。私はあの方を疑えないのです。

ノーヴァル（父）　あまり信頼し過ぎない方がよいのでは。
ダグラス　ここで母が来るのを待ちます。あなたが教えてくれたことを母に知らせて、母の助言に従うことにします。母の助言は常に注意深いものですので。どうかここを去ってください。あなたがいると母との話しあいができなくなるかもしれませんから。
ノーヴァル（父）　私の祝福の光がお前に注がれますように！　波からそして敵の剣からお前を救い出された神の御手が、常にお前を守りますように！　幸運から転じた不幸がお前に少しでも降りかかるようなことがあれば、かわりにすべて私に降りかかりますように！（ノーヴァル（父）退場）
ダグラス　彼は本当の親のように私を愛している。息子がもっと高貴な父をみつけたとしても、彼が愛している息子を失ってはならないし、失わせもしない。波瀾の多い一日よ！　お前はいかに私の立場を一変させたことか！　不幸な境遇によって、荒涼とした山の、冬には光が遮られ凍てつくような山腹に一度は根をおろしたが、よその土地の子として生い茂ることは決してできなかった。しかし今や晴れやかな日の当たる谷に移しかえられて、五月の青々した茨のごとく、わが人生は盛りに達している。天高くまばゆく輝く軍勢、燦爛たる星々よ！　お前たちに私はわが運命についてよく不満を漏らしてきたが、わが魂の不変の望みを聞いて記録せよ！　生きぬくことになろうが死ぬことになろうが、私に名誉を与えたまえ！　巨体を揺らす強暴なデーン兵を天が鼓舞してわが軍に大胆にも挑戦させますように。(3)　彼が挑戦を声高に宣言する前に、私はその挑戦を受け入れよう。ダグラスらしく勝つことになろうとも、ダグラスらしく死ぬことになろうとも。

ランドルフ夫人登場

**ランドルフ夫人**　わが息子の声なのかしら！　声を聞いた気がしましたが。

ダグラス　それは私の声です。

ランドルフ夫人　こうして陰鬱な闇の中で真夜中にひそかに母と息子が会わねばならない不満を、自然の耳に向かって大声で訴えていたのですね？（息子を抱く）

ダグラス　いいえ、こんな幸福な日に、このよりよき生まれ変わりの日に、私の思いと言葉は希望と喜びに満ちあふれております。

ランドルフ夫人　依然としてわが心は、悲しく恐怖心を抱いたり憂鬱になったりするのと同時に、希望や喜びもわき起こるという具合に分裂しています。さあ、私の忠告をお聞きなさい。

ダグラス　まずは、私にいわせてください。母上様のご忠告の主旨を変えるかもしれないことをその前に話させてください。

ランドルフ夫人　何か悪い予感がします。

ダグラス　その通りよくないことです。晩にランドルフとグレナルヴォンに気づかれることなく、善良な老いた父ノーヴァルが森で彼らの交わす話を偶然聞いたとのことで、恐ろしい剣幕で幾度も私のことを話題にし、何度かは母上の名前も出していたようです。奇妙なことだ、驚くべき発覚だと二人はいって、時々復讐を誓っていたとか。

ランドルフ夫人　慈悲深き神よ！　我々をお守りください。私たちは裏切られたのです。あの二人はあなたの誕生の秘密を知ったのでしょう。そうに違いありません。確かに大きな発覚といえるでしょう。マルカム卿の跡継ぎが自分の権利を主張するために姿を現したとなると、跡継ぎは復讐されるということになるのでしょう。おそらく今あの二人は武装して殺人の準備をしつつ、もっと暗くもっと静寂に包まれた時機を待って、お前が眠っていると彼らが思っている寝室に押し入ろうとしているのです。この時、この瞬間こそが、天がお前を救おうと定められたもの。息子よ！　陣営に急ぐのです！

ダグラス　あなたをここにおいてですか？　いや、城までともに参りましょう。そして若い頃に母上のお父君の禄を食んでいた古参の家来たちを呼び出して、彼らに声高に私があなたの息子であることを宣言してください。神聖な愛、忠実さ、哀れみの痕跡が人の心に少しでも残っているとすれば、大義のためともに戦おうとしてくれる人もいるでしょう。わずかな人の力添えがあれば、わが父祖の家から略奪者を追い払うことができます。

ランドルフ夫人　自然よ、自然よ！　お前の力を何が阻むことができようか？　息子よ、お前は正真正銘の大胆不敵なダグラス家の子孫です！　しかし破滅に向かって急ぐことがあってはなりません。よく身を守るのです。私のことは心配無用です。私にはあの二人は危害を加えませんが、お前がここにいるだけでお前の尊い命は無駄に危険にさらされるのです。あの曲がりくねった小道をたどれば川に出ます。幅広い踏みならされた道がみえるところで川を渡り、その道を東に進めば陣営に到着します。陣営に入って目通りする許可をすぐにダグラス卿に求めなさい。その御仁の兄であるお前の父親(4)が身につけていたこの宝石をダグラス卿にみせるのです。お前の目つき、声によってダグラス卿は真実を知ることになるでしょう。私もすぐ後を追い、確実な証拠を示してこれを明らかにします。

ダグラス　わかりました、あなたのいう通りにします。しかし、この別れにわが心は血が流れるように痛むのです。何ものかが私にとどまって母の命を守るようにいうのです。大胆な戦士が一人で達成するすばらしい勲功について私はよく読みました。敵は二人だけです。いかなる盾であろうとも、グレナルヴォンは私相手に自分を守ることが果たしてできるかどうか。どうか私をここに残してそれを確かめさせてください。(5)

ランドルフ夫人　母を思い、父の死後の名声を尊ぶのであれば、そのようにこれ以上考えてはいけません。別れる前に一ついっておかなければなりません。お前は長らく行方知らずでした。そしてお前は本当に折悪しくみつかったのです。私が戦いを恐れる大きな理由があるのです。お前の気性がどちらの方向に進むのか、私はわかり過ぎるほどよくわかります。ようやく今日お前に会えたのです。長らく失われていた私の希望よ！　もし軽率な勇敢さに身を任せるようなことがあれば、明日には永遠に私はわが息子を失うことになるかもしれません。お前の勇敢な父親が倒れた時、まだこの世の光をみていない胎内のお前に対する愛情が私の命を支えていたのです。もしお前に倒れられでもしたら、私はこの荒廃した世の中で愛も望みもてなくなるのです。わが息子よ！　私のことを忘れないで。

ダグラス　何といったらよいのでしょうか？　どうしたら慰めを与えることができるでしょうか？　戦いの神が、母上にとって最も都合がよいように私の命を取り扱いますように。愛しい母上のために、自分が決意していたようにふるまうことはやめにいたします。しかしどうかお考えを。貴いダグラスという名は戦士たちの間に広まっており、私はそれを誇らしく思っているわけですので。不名誉にも用心して戦わなければ、どうして名家の跡継ぎの資格をえられましょうや？　天命によって与えられた地位を尻込まず維持したいと思います。わが国の敵と私が戦えば、私が実際には何者であるかを明らかにできるに違いありません。侵入者の首を討ち取れば、私の生まれが高貴なものであることを証明でき、ついには、敵にも味方にも私の本当の血統を認めてもらえることになるでしょう。もしこの戦いで倒れても、息子を咎めないでいただきたい。名誉をえられずに生きるのであれば死んだ方がましなのです。

**ランドルフ夫人**　私が胸に感じる思いをこれ以上いうのはよしましょう。私が警告するその勇敢さを私は悲しいかな愛しているのですから。さようなら、わが息子よ！　私がこれ以上忠告したところで無駄でしょう。(抱きながら) すべては高き天が意図する通りになるに違いありません。(二人離れる)

**ランドルフ夫人**　私をじっとみつめてはいけません。道を間違ってしまいますから。今一度道を示しましょう。

二人が別れているちょうどその時、ランドルフ卿とグレナルヴォンが森から登場する

**ランドルフ卿**　奥はおらぬな。(6) 今だ。

グレナルヴォン　準備はできております。

ランドルフ卿　いいや、お前はとどまっておれ。わし一人で行く。殺さずにはおけぬ敵に不利があったなどといわれぬようにせねばならぬ。最も公明正大な復讐は完全を極めなければならぬ。

(ランドルフ卿退場)

グレナルヴォンはランドルフ卿がはけたのと同じ側の舞台袖に数歩歩み寄り、耳を澄ましてから話す(7)

グレナルヴォン　死神よ！　わが剣に宿れ！　ぐさりと二人のとどめを刺してくれ！　間男も旦那も死ななければならない。

ランドルフ卿、舞台裏

**ランドルフ卿**　悪漢め！　剣をぬけ！

**ダグラス**　ランドルフ殿、私に襲いかかりませんように！　ご自身のお命を失うのを惜しまれるようにわが命も奪わないでいただきたい。

　　斬りつけあう剣の音

**グレナルヴォン**（舞台から舞台裏に走り出して）　今だ！

　　ランドルフ夫人、ふらふらして息絶え絶え、舞台の反対側(8)に現れる

**ランドルフ夫人**　ご主君、私のいうことを聞いてください。すべてをあなたに譲り渡します。ただ、わが息子のことはお許しを！

片手に剣をもってダグラス登場

ダグラス　母の声がする。まだお守りできます。

ランドルフ夫人　息子は生きている、生きている。このことで天を永久に賛美しなくては！しかし、確かにお前が倒れるのを私はみたのだけれど。

ダグラス　倒れたのはグレナルヴォンです。私がランドルフにうち勝ったちょうどその時に、その悪漢が私の背後にやって来たのですが、私は彼を殺めてやりました。

ランドルフ夫人　お前の背後に！　お前はけがをしているのでは？　おお、わが子の顔色の何と悪いこと。今お前を失ってしまうことになるのだろうか？

ダグラス　絶望しないでください。少し衰弱しているだけです。すぐよくなります。

ダグラス、剣で身を支える

ランドルフ夫人　もう希望はない！　別れるべき時が来たのです！　死の手がお前に迫っているのです。愛するわが息子よ！　ダグラスよ！

ダグラス　こんなにも早く別れねばならぬとは。ダグラスと名乗ってまだ間もないというのに。運命よ！　お前は私をいかにひどく懲らしめたことか！　名声を汚され、鄙びた土地に隠されて、自分自身の正体もわからずに、卑しく貧しい暗闇の中で半生を送ってしまった。

ランドルフ夫人　このような結末のために天はお前をここまで生かせたのだろうか？

ダグラス　勇敢なわが先祖たち同様に、奮闘努力で戦いの潮目を変えながら、倒れることができればよかったのだが！　そのようにできたなら、先祖たち同様に、微笑みつつ死を喜んで受け入れただろうに。しかしこうして悪漢の手によって死ぬことになるとは。誰よりも強く進むことを願った自然の道と栄光の軌跡から切り離されて、私は死んでいくのだ。

ランドルフ夫人　正義よ、聞いてください！　雪辱を果たす腕をのばしてください！

ダグラス倒れる

ダグラス　名を知られることなく死ぬのです。誰にも私のことなど語らせてはなりません。でも寛大な人たちの中には、自らの判断で、私のしかるべき姿を推測し、死んでこそわが名声はえられるものと考えてくださる人もいるでしょう。しかし誰が母上を慰めることになるでしょうか？

ランドルフ夫人　絶望、絶望しかありません。

ダグラス　私を今しばらく生かせることが、高き天のお望みであればよかったのだが。あなたをみつめる私の目は急速にみえなくなりつつあります。母上！(死ぬ)

ランドルフ卿とアナ登場

ランドルフ卿　そなたの言葉が、真実の言葉が、わが心を突き刺した。わしのしたことは騎士道の名折れであり武名を汚すことに他ならぬ。勇敢なわが命の恩人が、裏切り者から負わされた刀傷を癒して生き残ってくれれば……

アナ　ああ、殿！　あちらをご覧ください。

ランドルフ卿　母とその息子であったか！　わしは何と罪深いことか！　わしのせいでこうなったのか？　いやわしのせいではない。あの希代の悪漢がわが心を狂気の嫉妬へと導いたのだ。

アナ　奥様は生きておられます。悲しみが原因の苦痛でしばらく力を失っておられたようです。

ランドルフ卿　しかしわが命の恩人は死んでしまった。世間はこのランドルフをかつては尊敬していた。誠実な心をもち、汚れない篤行を示すことで名高かったからじゃ。若かりし時には、神聖な十字の旗の下、栄光を手にしたこともあった。今や人生の盛りを過ぎ、恥がわしを不意に襲っている。間もなくわしは咎められ、不名誉の汚名を着せられ、世間の人々から嫌悪されることになる。というのも世間の者たちは皆、ランドルフがマルカム卿の跡継ぎを卑劣にも刺殺したと思うからだ。

ランドルフ夫人意識を取り戻す

ランドルフ夫人　私は今いずこに？　悲惨なこの世にまだいるのですか？　わが悲しみほど激しく心をうち砕くものはありえないでしょう。苦悩のうちにやつれて私の若さは衰えてしまいましたが、若さゆえの力強さが、希望の力も手伝って、悲しみの衝撃に耐えていたのです。そして私は全能の神がその力を及ぼす的になることができたのです。神はその下僕である人間を畏れさせるために、私の人生をみせものにされたのです。

ランドルフ卿　ああ何と不幸な！　お前が激しい悲しみに浸る最中、わしは己の無実を明らかにせねばならぬ。

ランドルフ夫人　あなたの無実ですって？

ランドルフ卿　わしの罪はお前が考えているものに比べれば無実に等しい。

ランドルフ夫人　私はあなたのことなど考えておりません。あなたであれ何であれ、私といかなる関わりがあるというのでしょう？　わが息子よ！　美しく、勇敢で、私はお前とお前の勇気をどれほど誇りに思ったか。愛におぼれた私の心は今日恍惚感で満ちあふれました。その時私は、お前の子らに囲まれて年老いていくことを想像していたのです。その子たちが、その父親の不遇の幼年期を埋めあわせてくれるかもしれないし、私の兄や夫の家系を継いでくれるかもしれないと想像していたのです。私の希望はもう消えてしまいました。ほんのしばらくの間妻となり、母親でいられたのはもっと短かった。いったい今の私は何なのでしょうか？　私にはわかっています。[9]しかし望まれている間だけは望まれる通りにふるまうでしょうが、もうそうする必要はないはずです。[10]というのも、息子や夫がこのようになれば、女は大胆に決断せざるをえないからです。

（走って退場）

**ランドルフ卿**　アナ、奥を追え！　わし自ら追いたいのだが、このように怒っていては、奥はわしがそばにいるのをひどく嫌がるであろう。（アナ退場）

ノーヴァル（父）登場

**ノーヴァル（父）**　苦悩を表す声が聞こえた。わが子に天のご加護がありますように。

ランドルフ卿　ぶらぶらしている群衆がぽかんと口を開けつつすでに姿をみせている。意地の悪い卑しい者たちがランドルフをじろじろみにやって来る。去れ！

ノーヴァル（父）　私はあなたを恐れはしません。私は立ち去りません。ここにとどまります。私はあなたと共謀して殺人を犯したようなものです。私の数々の罪が、この美しい草木が地面で踏みつけられるのを手伝ってしまいました。これまで誕生した中で最も気高い若者だったのです。世間を喜ばせてきた最も好感のもてる最も善良な最もやさしく勇敢な男だったのです。私は巨悪そのものだ。気高い精神が、それを閉じ込める狭苦しい場を逃れて膨れあがり大きくなっても、お前がもつあらゆる長所から判断して、私がお前を正当に扱い、お前の秘密を明らかにする気には決してなれなかった。その秘密が、時宜をえて知られていたなら、お前を悪漢のわなから救い出すことになったのに。ああ、私は今罰を受けている。このわしの髪の毛が、地面にまき散らされたはずの髪の毛で、ダグラスの髪の毛はまき散らされるべきではなかったのだ。

ノーヴァル（父）は自分の髪の毛をかきむしり、ダグラスの死体の上に倒れる

ランドルフ卿　今お前のことがわかった。お前の無礼を許す。わしは恥じ入るばかりであるが、もし悲しみのためにお前が休む必要があるのなら、お前に安らぎの地を約束したい。罰することはできないが報いることはしたい。あの忌々しいグレナルヴォンはうまく逃れた。やつの嫌いな者の手によって討たれてくじかれたというのに。最後まで怒りに怒って泡を吹きながら、自分をうち負かした者をののしりつつ、その悪党は死んだのだ。

アナ登場

アナ　ご主人様！

ランドルフ卿　いってみよ。恐るべきことを耳にする準備はできている。

アナ　実に恐るべきことにございます。

ランドルフ卿　マチルダか？

アナ　奥様は亡くなられました。奥様は稲妻のごとく丘に駆けあがり、絶壁に行きつくまでとどまることはありませんでした。その険しい崖の頂から水が降り注ぎ、崖下の裂けた岩に飲み込まれています。その絶壁にまいおりる恐れ知らずの鷲のように、奥様はその絶壁に向かったのです。そして真っ逆さまにそこから落ちたのです。

ランドルフ卿　奥の胸を怒りで満たしたのはわしじゃ。奥を死の絶壁に追い込んでそこから落としたのもわしじゃ。わしは何という凶漢であることか。

アナ　奥様が最期にみせた絶望的な様子をご覧になられていたなら。絶壁の縁に奥様は立たれ、視線を下の深みに投げかけられました。それから頭をあげ、白い手を天にかざされたのですが、その時、何故にこうならざるをえないのかといっているように思われました。そして奥様は空を切り身を投げたのです。

ランドルフ卿　むなしい不満を漏らしてもせんなきことゆえ、わが心の悲哀を表に出すことはしまい。この世の平穏をわしが享受することは決してできぬ。ランドルフはこのような心の苦しみを味わう報いを受けるのじゃ。わが心の傷が疼く中、断末魔の声が声高に叫んでわしの破滅を予兆しておるように思える。わしは決めた。戦場に直行する。ダグラスにあわせる顔もないこと自体が、戦場での死よりも不吉なことが起こることの兆しであるに違いないのだ。(11) マチルダに忠実だったアナよ！　わしの権力を十分に証明するこの指輪を取るがよい。費用と壮大さに関しては惜しむことなく、二人の葬式にあらゆる儀式が倣うようにするのじゃ。というのもランドルフは決して二度と戻らぬことを望んでおるゆえ。

# 納め口上(12)

私は納め口上を求めましたが、われらの詩人は一言も書くことはないでしょう。悲劇の特質を喜劇的な機知で否定し、観客の皆様が味わった悲しみを無駄にしてしまうのは最も愚かなことであると詩人は明言しております。悲しく詩人が申しますには、哀れみが最善のものであり、人間の心の最も気高い情念であるとのこと。というのも、その哀れみの神聖な流れが心からあふれるとき、悲しみの潮とともに喜びもほとばしり流れ出るからであるのだとか。その感情の波が、ナイル川の波のように引くと、後に黄金の土壌を残すので、耕さなくても美徳が成長し、愛情という名の甘い香りの花が咲くのだと、このように詩人は語っております。この詩人の言葉に人を惑わすような手管はないものと感じております。詩人はその本心からこのようにいったわけですので。もう私は、愚かにも機知をもって、すばらしい愁情を払いのけるようなことはいたしません。

## 注

### 前口上

1 スパークス（Sparks）という名の役者が、この前口上を述べる。スパークスは『ダグラス』において、主人公のノーヴァル（ダグラス）の召使を演じる。

2 古代ローマの詩人オウィディウス（Ovid）の『変身物語』（*Metamorphoses*）に、不死鳥が五百年に及ぶ生涯を終えると、その父親の死体から、小さな不死鳥が新しく生まれ出ると記されている（中村 318–19）。十八世紀にはサミュエル・ガース（Samuel Garth）やジョージ・スーエル（George Sewell）らによって『変身物語』の翻訳が出版された（Gillespie and Cummings 212）。

3 スコットランドの雅名。

4 アテネの守り神のアテーネーの別名。学芸や戦いを司る女神である。

5 ゼウスを父とするミューズ九女神のうちの一人、メルポメネ（Melpomene）のこと。

6 アッティカとは、ギリシャ南東の半島部のこと。アテネの支配領域。

7 アイスキュロス（Aeschylus）の悲劇『ペルシャ人』（*Persai*）を参照するようにヒュームはここに脚注をつけて示している（McLean 3）。

### 第一幕

1 「あの方」というのは、ランドルフ夫人が忘れられずにいるかつての夫ダグラスのこと。父のマルカム卿は娘マチルダが仇家のダグラスの子息に心奪われていることを不満に思っていた。後ほど、マルカム卿がダグラスの死を喜んだことがランドルフ卿によって伝えられる。

2 原文には“Oh! rake not up the ashes of my fathers”とあるが（McLean 7）、高村忠明はこれを「どうか親代々の遺骨をかきおこさないで下さい」と訳している（19）。本書では、“rake up”を「（過去を）思い起こさせる」あるいは「人の過去を掘り返す」、“ashes”を「悲しみ」と訳すことにした。原文とは、翻訳の底本として使用している、ラルフ・マクリーン（Ralph McLean）が編集した二〇一〇年版のテクストのことを意味しており、以後もまた同様である。

3 女の望みと戦士の望みが対をなしており、敵との戦いを避けたいというよりはむしろそれに直面したいという戦士の望みを表すには、敵の船をカレドニアの浜に近づかせさえすればよいのだが、対照法による強調が勢いあまって船を浜に座礁させる可能性を示している。敵と戦いたいという戦士の望みが、敵であるデーン軍の侵攻を阻止し、その艦隊を撃退するという強い意志表明につながるのである。

4 高村も指摘するように、架空の地名のようである（21）。

5 スコットランドに実在する川で、地図で調べてみると、キャロン・バレー貯水池（Carron Valley Reservoir）をその源にして、フォルカーク（Falkirk）付近を流れ、フォース湾（the Firth of Forth）に注いでいる。高村は、スコットランドの北西部にある川で、キャロン湖に注いでいると説明している（23）。

6 ギリシャ神話における運命の三女神、クロト、ラケシス、アトロポスのうち、ここではクロトのことが示唆されている。クロトは運命の糸を紡ぎ出す女神である。

第二幕

1 高村が「スコットランド中央部の山脈」と注をつけているように（27）、グランピアン山脈（the Grampian Mountains）は、スコットランドの高地地方と低地地方との境界線になっている。

2 「私が毛羽を立てる織物」とはもちろん新参の若者ノーヴァルのこと。原文には、"Bold as he is, GLENALVON will beware / How he pulls down the fabric that I raise. / I'll be the artist of young NORVAL's fortune"とある（18）。この箇所は、第一幕において言及された、ランドルフ夫人の人生を悲しみに満ちたものにする「人生の糸を紡ぐ運命の女神」と関わりがあるように思われる。自分は運命の女神のなすがままであるが、ノーヴァルにはそうなってほしくないので、自分が運命の女神にかわって、ノーヴァルの運命を司ってそれをよい方向へと導きたいというランドルフ夫人の望みをここから読み取ることができる。高村はこの箇所を「グレナルヴォンがいかに厚顔でも、私の怒りを避ける手立てにぐらいは気づくでしょう。若いノルヴァルの運命を描く画家に私はなるつもりです」と訳している（29）。

3 この箇所に対応する原文は、"Child that I was, to start at my own shadow, / And be the shallow fool of coward conscience!"である（20）。「臆病な良心」は、シェイクスピア作『リチャード三世』（*Richard III*）の第五幕第五場第一三三行におけるリチャードの台詞"O coward conscience, how dost thou afflict me?"を意識したものであろう（Wells et al. 218）。

4 グレナルヴォンは、これまでの自分とは違う別の自分に生まれ変わったことを、槍によってつくられた穴への言及によって、絶命している十字架上のイエスが脇腹を槍で突かれ、墓に葬られた後に復活するという『ヨハネによる福音書』第一九章から第二〇章にかけての記述の内容と重ねているように思われる（共同訳 208–

09)。

5 ジョン・ダン（John Donne, 1572–1631）の「歌とソネット」(*Songs and Sonets*) の中の「日の出」("The Sunne Rising") の最終行、"This bed thy center is, these walls, thy spheare"を想起させる箇所であり（Hayward 27）、"thy"は太陽に対して使われた二人称である。ここでは、太陽の中心ではなく「燃えたぎる地獄」の中心に焦点が当てられ、ランドルフ夫人がランドルフ卿を愛していると考えれば考えるほどに、グレナルヴォンは地獄の灼熱に身を焦がすように苦しむということであろう。

## 第三幕

1 原文には"Angels and seraphs"とあるが（22）、二つまとめて「天使」と訳した。

2 ここではダグラス家の紋章に心臓の図形が描かれていることを意味している。研究社『新英和大辞典』第六版によると、これは犠牲的奉仕を象徴するとのことである。

3 対応する原文は"I fear thee still"である（25）。このfearを、「恐れる」ではなく「疑う」と解釈している。*The Shorter Oxford English Dictionary*（一九九三年版）に十六世紀から十八世紀にかけて使われた"fear"の意味が、"Regard with distrust; doubt"として定義されている。

4 アナの話し相手がここからランドルフ夫人から捕われ人に変わる。

5 『詩編』第六八章第六節には「神は聖なる宮にいます。／みなしごの父となり／やもめの訴えを取り上げてくださる」とある（共同訳 899）。

6 地に足をつけずに空をまう天使が、地に足をつけて歩けば、その足元をみられて偽者と判断され非難されるのと同じように、人前で慎重でなければ、ランドルフ夫人も誹謗中傷を受けるということだろう。

7 ランドルフ夫人はここで自分の息子を「ノーヴァル」と言ったり、「ダグラス」と言いかえたりしている。

8 高村は、“the chieftains of the north”を「北部の領主たち」と訳しているが（39）、これは先鋒を務めるデーン側の大将たちのことを意味しているのではなかろうか。

9 バスロック（Bass Rock）は、フォース湾口にある小島である。

10 原文は“Near to that place where the sea-rock immense, / Amazing Bass, looks o'er a fertile land”である（29）。高村は、「あの驚嘆すべきバスの巨岩の下に肥沃な土地が広がるあたり」と訳している（39）。バスロックは陸地から離れてロジアンをみわたしている小島であるが、「下に肥沃な土地が広がる」としているので、高村はバスロックをロジアンにある陸地の岩山とみなしているようである。

11 原文は、“uncertain is my tenure”となっている（31）。『研究社新英和大辞典』第六版によると“tenure”は“tenor”と同じとあるので、“tenure”を「進路」と解して「前途」と訳した。

第四幕

1 ゴドフロワ・ド・ブイヨン（Godefroy de Bouillon, 1060–100）のこと。教皇の求めに応じて第一次十字軍に参加した。

2 原文には“brother”とあるのみなので（34）、弟ではなく兄の可能性もある。高村も「弟」として訳している（44）。

3 原文には“on some nameless streams untrodden banks”とある（34）。ヒューバート・タニー（Hubert Tunney）

は、彼が編集した『ダグラス』において、"on some nameless stream's untrodden banks" というテクストを与えている (63)。

4 ローン湾 (the Firth of Lorn) は、スコットランド西部にあるマル (Mull) 島と本土との間に形成された入り江である。

5 このダグラス卿というのは、ノーヴァルからすると、父のダグラスではなく、叔父のダグラスのことである。

6 そろそろランドルフ夫人が使うわが子の呼び方を「あなた」から「お前」へと変化させてよい頃合と考えた。

7 原文には、「ノーヴァル退場」ではなく、「ダグラス退場」と示されている (38)。

8 『詩編』第六八章第六節を参照されたい (共同訳 899)。

9 原文には、"'Tis strange, by heav'n! / That she should run full tilt her fond career, / To one so little known" とあるが (40)、『英国劇』(*The British Drama*) が与える一八〇四年版の『ダグラス』には、"full tilt" の前後にコンマがある (1: 768)。なお、『英国劇』第一巻の755頁から773頁に『ダグラス』が収録されている。

10 このあたりから、ノーヴァルがグレナルヴォンへの敬語を使わないように訳している。ノーヴァルの使う一人称も「私」から「俺」に変化させている。

11 裁定する場合、判定基準になりうる第三者が普通必要とされるが、名誉はその必要なしに、自らを裁くことができる。つまり、名誉そのものが判定基準になりうるということである。

第五幕

1 この幕からノーヴァルはダグラスとして登場する。

2 故人の先祖が亡霊となって現世に姿を現すことを意味している。ジェイムズ・マクファーソン（James Macpherson, 1736–96）は、古代ハイランド人が彼らを取り巻く厳しい自然によって重苦しい精神状態に陥った結果、彼らは超自然的な亡霊を目にすることになったと指摘している（三原『学術研究』39–40）。

3 原文は、“May heav'n inspire some fierce gigantic Dane, / To give a gold defiance to our host!”となっており、“bold”ではなく“gold”になっているが（46）、これは、本書の底本であるマクリーン版の基になった一七五七年エディンバラ版の誤りをマクリーンがそのまま踏襲しているからであろう。その後出版された一七八四年版では、“gold”は“bold”に修正されている（49）。タニーも“bold”を採用している（76）。

4 第四幕で、死んだ父ダグラスの弟にあたる人物が陣営にいることが、母であるランドルフ夫人によって語られている。

5 原文では、“Our foes are two: no more: let me go forth, / And see if any shield can guard GLENALVON”というように（48）、“no more”が前の“two”にかかるのか、後ろの“let me go forth”にかかるのか、判断が難しいが、ここでは後者の解釈を支持したい。この解釈を裏づける証拠として、『上演劇』（*The Acting Drama*, 1834）に収録された『ダグラス』では、“Our foes are two. No more; let me go forth”というテクストが与えられている（192）。なお、『上演劇』における『ダグラス』の掲載頁は、181頁から193頁までである。

6 タニー編一九二四年版『ダグラス』の79頁は、この台詞の後に、“*Exeunt, at different sides, Douglas and Lady Randolph*”（「ダグラスとランドルフ夫人が別々の側から退場」）というト書をつけている。

7 グレナルヴォンが歩み寄って耳を澄ましたのは、ランドルフ卿に聞かれないかどうかの確認のためであろう。

8 すぐ前でグレナルヴォンがはけた舞台袖とは反対の舞台袖から現れるという意味だろう。

9 ランドルフ夫人には死を自ら選ぶ以外の選択肢はないということがわかっているといいたいのであろう。

10 この箇所は原文では51頁にある。実に難しい箇所で、"But I shall be / That only whilst I please"を、ただ「しかし望まれている間だけは望まれる通りにふるまうでしょう」と訳しただけでは、この後の"for such a son / And such a husband make a woman bold"につなげないので、「もうそうする必要はないはずです」という言葉を加えてからつないだ。

11 ダグラスを死に追いやってしまいダグラスに顔向けできないランドルフ卿を、戦場において死ぬことよりももっと悲惨なこと、すなわち、救済者の命を奪うような、恩を仇で返した不名誉のそしりが待っているとランドルフ卿はいわんとしている。

12 この納め口上は、一七五七年のロンドン版ではノーヴァル（ダグラス）を演じた役者によって語られる（Danchin 603）。

# 解説

ジョン・ヒューム（John Home, 1722–1808）は、スコットランドの牧師であり、劇作家としても活躍した。彼は、デイヴィッド・ヒューム（David Hume）やアダム・スミス（Adam Smith）といったスコットランド啓蒙思想家たちと交友関係を築いた。彼はまた、「穏健なリベラリズムを特徴とするスコットランド教会の進歩的聖職者であると同時に、最先端の学問を積極的に取り入れようとしていたエディンバラ、グラスゴウ、アバディーンといった伝統ある諸大学の教授や学長」を務めたスコットランドの穏健派知識人たちとも関わり（坂本9）、例えば、エディンバラ大学学長を務めたウィリアム・ロバートソン（William Robertson）、エディンバラ大学教授ヒュー・ブレア（Hugh Blair）そして同じくエディンバラ大学教授のアダム・ファーガソン（Adam Ferguson）と交流を深めた。[1] さらにジョン・ヒュームは、一七六二年国王ジョージ三世によって首相に任命されたスコットランド出身のジョン・ステュアート、ビュート伯（John Stuart, Earl of Bute）の秘書官を務めたことでも知られている。

本書は、一七五六年に初演され大成功を収めた、ブランクヴァースで書かれた彼の悲劇『ダグラス』(*Douglas: A Tragedy*) の翻訳である。

この悲劇を書いたジョン・ヒュームにシェイクスピアとトマス・オトウェイ（Thomas Otway）のような劇的才能をみいだしたデイヴィッド・ヒュームが（McLean xii）、『ダグラス』を熱烈に支持したことが知られているが（McLean xi）、ジェラルド・パーカー（Gerald Parker）によると、デイヴィッド・ヒュームの激賞よりもデイヴィッド・ギャリック（David Garrick）の批判の方がより影響が大きかったということである（Parker 7）。[2] ジョン・ヒュームはギャリックに『ダグラス』の上演を依頼するが断られてしまう（Tunney 8）。しかしその後、穏健派知識人たちの協力で、『ダグラス』のエディンバラでの公演が目指されることになる（McLean x–xi）。穏健派知識人たちはこの劇のリハーサルにも参加したという（McLean xi）。エディンバラ公演は成功し（McLean xi）、この後ロンドンでも上演され成功を収めた（Tunney 8）。

**『ダグラス』について[3]**

『ダグラス』はシェイクスピアからの影響を受けた悲劇であることは明らかである。ジェフリー・カハーン（Jeffrey Kahan）は、この悲劇を『シンベリーン』（*Cymbeline*）が意識された作品として解釈し、自らが編集したシェイクスピア関連劇作品集『シェイクスピアの摸倣劇、パロディー劇、偽作劇』（*Shakespeare Imitations, Parodies and Forgeries: 1710–1820*）の第二巻に『ダグラス』を収録している。[4]

木村正俊は『ダグラス』を十八世紀に流行した感傷小説と関連づけようとしている。この劇は「感情のこもった悲劇」であり、ヘンリー・マッケンジー（Henry Mackenzie）の小説『感情の人』（*The Man of Feeling*, 1771）同様、感性、感情の重要さを訴えるスコットランド啓蒙主義の動向と関わる作品であると木村は説明している（「オシアンの詩」6）。

富山太佳夫は、『ダグラス』を「ゴシック演劇の先駆と評価できるのは、そこで使われている筋の構成法がゴシック・ロマンスの或るものの筋の構成法にきわめてよく似ているからにほかならない」と述べて（280）、この悲劇の女性主人公であるランドルフ夫人が終幕で絶望して崖から身を投げるシーンについて、「『マンク』（M.G.Lewis, *The Monk*, 1796）や『放浪者メルモス』（C.R.Maturin, *Melmoth the Wanderer*, 1820）の結末に登場する強烈な〈墜落〉のモチーフの先駆をここに見る想いがするのではあるまいか」というように、十八世紀さらには十九世紀のゴシック・ロマンスに『ダグラス』が及ぼした影響の可能性をみつけようとしている（281）。

ヒューバート・タニー（Hubert Tunney）は、『ダグラス』をロマン主義運動の勃興と関わるものとしてみなしている（13）。これに対してジェラルド・パーカーは、この悲劇を、トマス・オトウェイやニコラス・ロウ（Nicholas Rowe）の悲劇とつながりをもった哀調漂う新古典主義の劇としてとらえて（4）、ロマンティックな傾向とは無縁のものであり、「ゴシック的なあるいはロマン的な劇の重要な先駆」とはみなせないと主張している（5）。

訳者としては、富山とタニーが主張するように、この劇をロマン主義的傾向と結びつけ、さらに穏健派知識人たちの思想とも関連づけて、以下のようにジェイムズ・マクファーソン（James Macpherson）とジョン・ヒュームの作品にみられる類似性を強調したい。

## マクファーソンとの出会い

ヒュームと同じく穏健派知識人たちと強いつながりをもつマクファーソンとヒュームの関係は、本書で敢えて強調しておく必要がある。マクファーソンは、古代ケルトの伝説的詩人オシアン（Ossian）が残したとされるゲール語古詩を英語に翻訳した。『スコットランドのハイランドで収集された古詩断片』(*Fragments of Ancient Poetry, Collected in the Highlands of Scotland*, 1760）を皮切りに、『フィンガル』(*Fingal*, 1762）そして『テモラ』(*Temora*, 1763）などが次々に発表され、これらの作品はオシアン詩に関わる翻訳詩群を形成している。これらゲール語古詩の翻訳のきっかけとなったのが、マクファーソンのヒュームとの出会いだったといってよい。ヒューム経由でマクファーソンのことを知らされたブレアは、ゲール語古詩の翻訳をするようにマクファーソンを説き伏せて、その結果上述の翻訳詩群の出版に至ったというわけである（木村、松村 348)。

## 名誉を重んじる精神

マクファーソンの作品においては、現世の名誉を歌によって後世に残したいと願う古代ケルト戦士たちの心情が描写されているが、この古代戦士の心情を、『ダグラス』の主人公ノーヴァル（ダグラス）にもみることができる。それは次の第四幕における彼の台詞から明らかである。

わが胸中には別の主がおりまする。それは名誉でございます。名誉のみが、自らを裁くことのできる裁定者でございます。殿、私のあけすけなものいいがご気分を害するようでございましたら、ご寵愛を反故にしてください。そして私が一人でここにやって来た時のように、私を身軽にしていただきたい。ただ名誉が汚されることがないように願いまする。

第五幕でもノーヴァルの名誉へのこだわりは続き、名誉は何よりも重要であることをノーヴァルはその母親に対して主張するのである。

侵入者の首を討ち取れば、私の生まれが高貴なものであることを証明でき、ついには、敵にも味方にも私の本当の血統を認めてもらえることになるでしょう。もしこの戦いで倒れても、息子を咎めないでいただきたい。名誉をえられずに生きるのであれば死んだ方がましなのです。

マクファーソンとヒュームがそれぞれ穏健派知識人たちと強い関係性をもっていたことを考慮に入れれば、穏健派知識人たちの古代回帰思想に基づいた古代戦士像が、オシアン詩群と『ダグラス』の両者で共有されている可能性がある。(5)『ダグラス』の舞台は古代ケルト社会ではなく十二世紀の中世スコットランドであるが、(6)この古代回帰思想の影響を受けて書かれたものであることは否定できない。このように、この劇の精神的な材源は古代といえるが、そのテクスト的な材源は、スコットランドの古詩「ギル・モリス」(“Gil Morrice”)であるといわれている。(7)

**材源と登場人物の言葉遣いについて**

この悲劇の材源「ギル・モリス」は次のような内容になっている。バーナード夫人の隠し子であるギル・モリスは小姓を使って、自分が暮らす森で会ってくれるように母のバーナード夫人に懇願する。ギル・モリスが自分の妻と密会しようとしていることを知り、嫉妬した夫のバーナード卿はその森に赴き、ギル・モリスを殺してその首を妻に差し出すという、残酷な悲劇性を伝えるものとなっている（Newman 60）。ギル・モリスがノーヴァル（ダグラス）に、バーナード夫人がランドルフ夫人に、バーナード卿がランドルフ卿に重ねられる。違うのは、ギル・モリスは非嫡出子であるのに対して、ノーヴァルは嫡子である。さらに『ダグラス』は一種の貴種流離譚になっているが、「ギル・モリス」はそうではない。

貴種流離譚ということもあって、ノーヴァル（ダグラス）の言葉遣いは、彼が百姓に育てられたとは思えないものに訳している。彼は元々は貴人ということで、これをお許しいただきたい。ランドルフ夫人については、努めて敬語を使い続けさせた。またノーヴァル（父）の言葉遣いはもっと鄙びていてもよいかもしれないが、どのように鄙びさせるかというのもまた難題なので、特に鄙びさせることなく訳している。また現代的な文脈ではおそらく問題になりかねない表現や言葉遣いについては、古い時代の文脈を重視して、敢えてそのまま訳出している。

**底本について**

『ダグラス』には一七五七年に出版されたロンドン版とエディンバラ版の二つの印刷版がある（McLean xv）。他にも多くの版が出版されてきており、一七五七年から一九三一年までの間におよそ七〇を超える版が重ねられた（Parker 12）。本書で取りあげた『ダグラス』の版本諸版については、巻末文献一覧にまとめて示している。

本書における翻訳の底本としては、ラルフ・マクリーン（Ralph McLean）が編集した、二〇一〇年刊行の『ジョン・ヒュームの『悲劇ダグラス』』（*John Home's Douglas: A Tragedy*）を用いたが、マクリーンは一七五七年のエディンバラ版に基づいてテクストを提示している（xvii）。エディンバラ版の方が、同年のロンドン版よりも、多くの編集者によって採用されてきている（McLean xvi）。エディンバラ版には、ロンドン公演用の前口上とエディンバラ公演用の前口上の両方が掲載されている。またエディンバラ版においては、ロンドン公演とエディンバラ公演のそれぞれに関して、配役表が示されている。しかし、本書では読みやすさを考慮に入れて、出演者の名前を略した配役表を一度示すのみとした。

## おわりに

タニーは非英語圏でのこの作品の翻訳の数がかなり少ないことを指摘しているが(20)、日本ではなおさらのことである。調査の限りでは、『ダグラス』の邦訳はこれまで一度しか出版されていない。国書刊行会から一九七九年に出版された『ゴシック演劇集』に収録された高村忠明による翻訳である。他に渡辺喜之が翻訳したホレス・ウォルポール(Horace Walpole)の『謎の母』(*The Mysterious Mother*, 1768)、上坪正徳が訳したM・G・ルイスの『古城の亡霊』(*The Castle Spectre*, 1798)が収録されているこの演劇翻訳集のジャケットカバーの折り返しに印刷された文言によると、高村訳が『ダグラス』本邦初訳ということであるが、それからもうすでに四〇年以上の時間が経過している。さらに、本年二〇二二年はジョン・ヒューム生誕三〇〇年の記念すべき年となる。本書が四〇年以上のインターヴァルを経て、おそらく本邦二度目の翻訳となるわけであるが、高村訳の誤りを正しつつ、できる限りわかりやすく訳出したつもりである。なお、高村訳も一七五七年のエディンバラ版に基づくものである。

すでに第一幕と第二幕の翻訳については他媒体にて発表している。第一幕は、愛知県立大学外国語学部英米学科発行の『マルベリー』(*Mulberry*)第71号において、第二幕は、愛知県立大学大学院国際文化研究科発行の『愛知県立大学大学院国際文化研究科論集』第23号において、刊行されているが、許可をえて、加筆修正を経て本書に転載している。またこの訳者解説には、前者における二頁ほどの「はじめに」で説明されているものと重なる部分が含まれていることをここでご了解いただきたい。本書は愛知県立大学の出版助成によるものである。

最後に、本書が無事出版する運びとなったのは、ひとえに春風社編集部の岡田幸一氏による何事においても迅速かつ丁寧な対応によるものである。氏に深く感謝申しあげたい。

注

1 このあたりのことは、巻末の引用参考文献一覧にある拙稿「未開の人と『感情の人』」の一三二頁ですでに述べている。

2 パーカーの文献の詳細については、巻末の版本諸版一覧をみてほしい。

3 ヒュームは『ダグラス』の他に、『アロンゾ』(*Alonzo*, 1773) などの劇作品を発表している。パーカーが他作品についての詳しい書誌情報を与えている (Parker 85)。

4 『ダグラス』は、カハーンによる解説としての序文とともに、このコレクションの第二巻において84八一頁から一四〇頁に収録されている。『シンベリーン』と『ダグラス』の関係については、頁に記述されている。このカハーン編集の作品集の書誌情報については巻末の版本諸版一覧を参照されたい。

5 穏健派知識人たちは、古代回帰と同時に進歩史観にも注目するという矛盾する態度を示した (Grobman 12–13)。

**6** 第四幕にゴドフロア・ド・ブイヨンが同時代人とされている場面があるので、この悲劇はおそらく十二世紀初頭のスコットランドを舞台にするものである。

7 ヴォルテールの悲劇『メロープ』（*Mérope*, 1743）がもう一つの材源としてみなされている（**McLean x**）。

## 引用参考文献一覧

### 『ダグラス』版本諸版（『ダグラス』が収録された作品集を含む）


*Douglas: A Tragedy*. London: A. Millar, 1757.

*Douglas: A Tragedy*. Edinburgh: G. Hamilton, J. Balfour, W. Gray, W. Peter, 1757.

*The Dramatic Works of John Home*. London: A. Miller, 1760.

*Douglas. A Tragedy, by Mr. Home*. London: T. Lowndes, W. Nicoll, S. Bladon, 1784.

*The British Drama: Comprehending the Best Plays in the English Language*. London: William Miller, 1804. 3 vols.

Mackenzie, Henry, editor. *The Works of John Home, Esp. Now First Collected*. Edinburgh: Archibald Constable, 1822. 3 vols.

*The Acting Drama: Containing All the Popular Plays, Standard and Modern*. London: Mayhew, Isaac, and Mayhew, 1834.

Tunney, Hubert J., editor. "Home's *Douglas*." *Bulletin of the University of Kansas Humanistic Studies*, vol. 3, no. 3, 1924, pp. 5–100.

Parker, Gerald D., editor. *Douglas*. Oliver and Boyd, 1972.

Kahan, Jeffrey, editor. *Shakespeare Imitations, Parodies and Forgeries: 1710–1820*. London: Routledge, 2004. 3 vols.

McLean, Ralph, editor. *John Home's* Douglas: A Tragedy. Humming Earth, 2010.

## 引用参考文献（英文）

Backscheider, Paula R. "John Home's *Douglas* and the Theme of Unfulfilled Life." *Studies in Scottish Literature*, vol. 14, no. 1, 1979, pp. 90–97.

Crawford, Robert. "The Bard: Ossian, Burns, and the Shaping of Shakespeare." *Shakespeare and Scotland*, edited by Willy Maley and Andrew Murphy, Manchester UP, 2004, pp. 124–40.

Danchin, Pierre, editor. *The Prologues and Epilogues of the Eighteenth Century*. Vol. 6, Messene, 1997.

Freeman, Lisa A. "The Cultural Politics of Antitheatricality: The Case of John Home's *Douglas*." *Eighteenth Century: Theory and Interpretation*, vol. 43, no. 3, 2002, pp. 210–35.

*Gill Morice, an Ancient Scottish Poem*. 2nd ed., Glasgow, 1755.

Gillespie, Stuart and Robert Cummings. "A Bibliography of Ovidian Translations and Imitations in English." *Translation and Literature*, vol. 13, no. 2, 2004, pp. 207–18.

Gipson, Alice Edna. *John Home: A Study of His Life and Works with Special*

*Reference to His Tragedy of Douglas and the Controversies Which Followed Its First Representations*. Caxton Printers, 1916.

Grobman, Neil R. "Primitivism versus Progress: The Scottish Enlightenment's Reaction to Epic and Mythology." *Lore and Language*, vol. 3, no.6, 1982, pp. 1–17.

Hayward, John, editor. *John Donne: A Selection of His Poetry*. Penguin Books, 1950.

Jung, Sandro. "Lady Randolph, the 'Monument of Woe': Love and Loss in John Home's *Douglas*." *Restoration and Eighteenth-Century Theatre Research*, vol. 20, no. 1–2, 2005, pp. 16–27.

Kidd, Colin. "Subscription, the Scottish Enlightenment and the Moderate Interpretation of History." *Journal of Ecclesiastical History*, vol. 55, no.3, 2004, pp. 502–19.

Lee, Yoon Sun. "Giants in the North: *Douglas*, the Scottish Enlightenment, and Scott's *Redgauntlet*." *Studies in Romanticism*, vol. 40, no. 1, 2001, pp. 109–21.

Lefèvre, Jean M. "John Home: A Check List of Editions." *Bibliotheck: A Scottish Journal of Bibliography and Allied Topics*, vol. 3, no.4, 1961, pp. 121–38.

Lonsdale, Roger. "Thomas Gray, David Hume and John Home's *Douglas*." *Re-Constructing the Book: Literary Texts in Transmission*, edited by Maureen Bell et al., Ashgate Publishing, 2001, pp. 57–70.

Mackenzie, Henry. *The Man of Feeling*. 2nd ed., London, 1771.

MacMillan, Dougald. “The First Editions of Home’s *Douglas*.” *Studies in Philology*, vol. 26, no. 3, 1929, pp. 401–09.

Macpherson, James, editor. *Fragments of Ancient Poetry, Collected in the Highlands of Scotland, and Translated from the Galic or Erse Language*. Edinburgh, 1760.

———, editor. *Fingal, an Ancient Epic Poem, in Six Books: Together with Several Other Poems, Composed by Ossian the Son of Fingal. Translated from the Galic Language*. London, 1762.

———, editor. *Temora, an Ancient Epic Poem, in Eight Books: Together with Several Other Poems, Composed by Ossian, the Son of Fingal. Translated from the Galic Language*. London, 1763.

———, editor. *The Works of Ossian, the Son of Fingal*. London, 1765. 2 vols.

———, editor. *The Poems of Ossian*. London, 1773. 2 vols.

Mcginley, Kevin J. “The First Edinburgh and London Editions of John Home’s *Douglas* and the Play’s Early Stage History.” *Theatre Notebook*, vol. 60, no. 3, 2006, pp. 134–46.

———. “The Two Edinburgh 1757 Editions of John Home’s *Douglas*.” *Notes and Queries*, vol. 54, no. 1, 2007, p. 71.

——— . "'My Name Is Norval?': The Revision of Character Names in John Home's *Douglas*." *Journal for Eighteenth-Century Studies*, vol. 35, no. 1, 2012, pp. 67–83.

Morgan, Megan Stoner. "Speaking with a Double Voice: John Home's *Douglas* and the Idea of Scotland." *Scottish Literary Review*, vol. 4, no. 1, 2012, pp. 35–56.

Newman, Steve. *Ballad Collection, Lyric, and the Canon: The Call of the Popular from the Restoration to the New Criticism*. U of Pennsylvania P, 2007.

Rosenblum, Joseph. *Practice to Deceive: The Amazing Stories of Literary Forgery's Most Notorious Practitioners*. Oak Knoll Press, 2000.

Sher, Richard B. *The Enlightenment and the Book: Scottish Authors and Their Publishers in Eighteenth-Century Britain, Ireland, and America*. U of Chicago P, 2006.

Wells, Stanley, et al., editors. *William Shakespeare: The Complete Works*. 2nd ed., Oxford UP, 2005.

Wheeler, David. "The Pathetic and the Sublime: The Tragic Formula of John Home's *Douglas*." *Man, God, and Nature in the Enlightenment*, edited by Donald C. Mell, Jr. et al., Colleagues Press, 1988, pp. 173–82.

## 引用参考文献(和文)


秋山学「小羊の過ぎ越し」、『古典古代学』第9号、筑波大学大学院人文社会科学研究科古典古代学研究室、二〇一七年、八三－一〇〇頁。

浦田早苗「ジャコバイト辞典(3)」、『駒澤法学』第14巻、第1号、駒澤大学法学部、二〇一四年、二五六－七六頁。

加藤美紀「イエスの復活とカトリック教育」、『仙台白百合女子大学紀要』第21巻、仙台白百合女子大学、二〇一七年、一－一三頁。

木村正俊「「オシアンの詩」と感性優位の主張」、『ブラウザー』第186号、大阪洋書、二〇一六年、三－六頁。

――、松村賢一編『ケルト文化事典』、東京堂出版、二〇一七年。

――編『ケルトを知るための65章』、明石書店、二〇一八年。

共同訳聖書実行委員会『聖書新共同訳――旧約聖書続編つき』、日本聖書協会、一九九七年。

坂本達哉「スコットランド啓蒙における「学問の国」と「社交の国」」、『一橋大学社会科学古典資料センター年報』第22号、二〇〇二年、八－一五頁。

高村忠明他訳『ゴシック演劇集』、国書刊行会、一九七九年。

田中秀夫「トマス・リードの生涯とスコットランド啓蒙」、『経済論叢』第183巻、第1号、京都大学経済学会、二〇〇九年、二七－四五頁。

富山太佳夫「ゴシック演劇を巡って」、『ゴシック演劇集』高村忠明他訳、国書刊行会、一九七九年、二七五－八六頁。

中野力「ロバート・ウォーレスと「『ダグラス』論争」――演劇とスコットランド教会」、『関西学院経済学研究』第41号、関西学院大学大学院経済学研究科研究会、二〇一〇年、三五－六〇頁。

中村善也訳『オウィディウス　変身物語』下巻、岩波書店、一九八四年。

浜林正夫、鈴木亮『アダム＝スミス――人と思想84』、清水書院、一九八九年。

三原穂『学術研究と文学創作の分化』、音羽書房鶴見書店、二〇一五年。

――「上書きされる古代ケルト――『オシアン詩』におけるテクストの多層性」、『スコットランド文学の深層――場所・言語・想像力』木村正俊編、春風社、二〇二〇年、一三一－二七頁。

――訳「ジョン・ヒューム『ダグラス』(第一幕)」、『マルベリー』第71号、愛知県立大学外国語学部英米学科、二〇二一年、五－一九頁。

――訳「ジョン・ヒューム『ダグラス』(第二幕)」、『愛知県立大学大学院国際文化研究科論集』第23号、愛知県立大学大学院国際文化研究科、二〇二二年、二二一－三三二頁。

――「未開の人と『感情の人』――穏健派知識人、ジェイムズ・マクファーソン、ヘンリー・マッケンジーにみるプリミティヴィズム」、『十八世紀イギリス文学研究第7

号――変貌する言語・文化・世界』日本ジョンソン協会編、開拓社、二〇二二年、一三一－四八頁。

【訳者】

三原穂（みはら・みのる）

愛知県立大学外国語学部准教授。大阪大学大学院言語文化研究科（言語文化学専攻）博士後期課程修了。博士（言語文化学）。著書に、『学術研究と文学創作の分化——18世紀後半イギリスの古詩編集』（音羽書房鶴見書店、二〇一五年）、論文に、"Shakespearean Ballads in Thomas Percy's *Reliques of Ancient English Poetry*: Transition from Oral Songs to Printed Historical Documents." *Textual Cultures*, vol. 10, no. 2, 2018, pp. 107–25. などがある。

# ダグラス


二〇二二年一一月三〇日　初版発行

著者　ジョン・ヒューム

訳者　三原穂《みはら みのる》

発行者　三浦衛

発行所　春風社　*Shumpusha Publishing Co.,Ltd.*

横浜市西区紅葉ヶ丘五三　横浜市教育会館三階

〈電話〉〇四五・二六一・三一六八　〈FAX〉〇四五・二六一・三一六九

〈振替〉〇〇二〇〇・一・三七五二四

http://www.shumpu.com　✉ info@shumpu.com

装丁　矢萩多聞

印刷・製本　シナノ書籍印刷株式会社

乱丁・落丁本は送料小社負担でお取り替えいたします。





ISBN 978-4-86110-833-4 C0098 ¥2400E